小学館文庫

帝都の隠し巫女

柊 一葉

小学館

目次

【一】陰陽師《おんみようじ》の一人娘

明治七年、夏。

蟬《せみ》の声が響く中、帝都東京の片隅で一人の華族令嬢が見合いに臨んでいた。

赤坂の武家屋敷。およそ千坪の敷地に新しく建てられた白い建物は、異国文化に目覚めた富裕層がこぞって欲しがる優雅な洋館だ。

しかし今、そこには追い詰められた男の悲鳴が響いている。

「ひぃっ……！　た、助けて……！」

窓の外に広がるのは太陽が輝く夏空で、それにも拘《かかわ》らずなぜかこの部屋だけ冷やりとした空気が漂っていた。

「こ、来ないでくれ……！」

応接間の中央には、腰を抜かし床を這《は》うようにして逃げる洋装の青年と、それを見下ろす滝沢瑠璃《たきざわるり》がいた。

今日は大切な見合いの日で、没落華族令嬢には奇跡ともいえるまともな縁談がきたと思って相手の家にやってきたのだが、顔を合わせてまもなくこの状況である。

「すまん、八重《やえ》。すまない。許してくれ……！」

「あの、私は瑠璃なのですが？」

どうにか彼を宥《なだ》めようと、瑠璃はその白い手を伸ばす。

「ひぃぃぃ！」

まるで会話が成り立たない。強い拒絶に、伸ばした手は行き場を失くし宙を彷徨《さまよ》う。

（あぁ、またこうなってしまった）

瑠璃は口元を引き攣《つ》らせ、怯《おび》え慄《おのの》く見合い相手を眺める。

（もう七度目なのに……）

本来、華族令嬢の見合いは当人同士が会う前にすでに話はついていて、よほどのことがない限り破談にはならない。

そう、よほどのことがなければ――。

「助けてくれ、殺さないで……！」

「…………」

情けなく逃げ惑う見合い相手を見ていると眩暈《めまい》がしそうになり、右手で軽く額を押さえた。

彼には自分が誰に見えていて、なぜそんなに恐れるのかはわからなかったが、『こうなってしまった原因』については心当たりがある。

「勾仁《こうじん》、出てきてください」

瑠璃がそう呼びかけた瞬間、胸元に忍ばせていた勾玉《まがたま》がかすかに光り、狩衣《かりぎぬ》に似た山吹色の装束を纏《まと》った美麗な青年が現れた。

風も吹いていないのに長い白銀の髪がさらりと揺れ、人ならざる者だと一目でわかる金色の瞳が妖しげに光っている。

「またあなたの仕業ですね？　邪魔しないでと、あれほど言ったのに」

表情こそほとんど動かないが、瑠璃の声音は怒っていた。

「今度は何をしたんですか？　私は、どんな方がお相手でも嫁ぐと言いましたよね？」

『そうだったか？　記憶にないな』

「嘘《うそ》です！　昨日の今日で忘れるわけがありません」

瑠璃が本気で怒っていると感じた勾仁は、その手に持っていた扇をすっと広げて口元を隠し、まるで自分は悪くないという風に言い訳を口にする。

『こんな男に瑠璃をやれるわけないだろう。あの世で成澄《なりずみ》が泣きよるわ』

「泣きませんよ、父様は。泣くのはあなたでしょう？」

『……だとしても』

「だとしても!?」

そこは否定しないのか、と呆《あき》れる瑠璃。

勾仁はふいっと顔を背け、断固譲らぬという態度を見せる。

『私を喚《よ》んだのは成澄だ。娘を守りたいという親心に共感するのは仕方あるまい？

こんな男は絶対にダメだ、瑠璃に指一本触れることは許さぬ！』

指一本触れるどころか全力で拒絶されたのに、と瑠璃は大きなため息をついた。

「あぁ、私の式神なのに言うことを聞かない……！」

式神、勾仁。

陰陽師《おんみょうじ》だった瑠璃の父が、自分の不在時に娘を守るためにつけていた対あやかし用の式神である。

術者亡き今も、どうしたことかずっと瑠璃のそばから離れずにいる。

『この男は瑠璃にふさわしくない』

勾仁は、蔑みの目で見合い相手を見る。

彼は蹲《うずくま》ったまま震えていて、聞き取れるぎりぎりの小声でひたすらに助けを求め続けていた。勾仁の姿は視《み》えず声も聞こえないものの、悪寒がするのか額やこめかみにじわりと汗を滲《にじ》ませる。

「勾仁がこの方を嫌がる理由は何ですか？」

『捨てた女の魂が、死の国から呪詛《じゅそ》を送っておる』

「捨てた女？」

ここで瑠璃が見合い相手に視線を戻すと、彼は再び「ひぃっ」と悲鳴を上げた。

勾仁はその捨てた女とやらの怨念を感じ取り、幻術を見せてやったのだと説明する。

『低い身分の女を騙《だま》して弄んだあげく、邪魔になれば売り払うなど極悪人ではないか。八重という女は世を儚《はかな》んで自死を選んだそうだ。未《いま》だに成仏できておらぬ』

「そんなことが……！」

身分差ゆえに夫婦になることができず、将来を悲観した娘が命を絶つという話は聞いたことがある。けれど、騙して弄んだあげくに売り払うなど言語道断。

瑠璃は「こんなに人の好《よ》さそうな方がそんなことをするなんて」と信じられない気持ちだった。とはいえ、納得できる部分もある。

「やっぱり今回もまともな縁談ではなかったのね」

『ふんっ、あの男が持ってくる見合いがまともなはずがなかろう』

瑠璃は、旧松代《まつしろ》藩ゆかりの名家・滝沢家直系の娘だ。

滝沢家代々の当主は高い霊力を持ち、陰陽師としてあやかし退治や祈禱《きとう》を行い、藩主の相談役などの要職に就いてきた。

ところが六年前、当主であった瑠璃の父・滝沢成澄が妻と共に事故で急逝し、状況は一変する。父の従弟《いとこ》にあたる滝沢東吉郎《とうきちろう》が瑠璃の後見人となり、明治の世へ移り変わる混乱に紛れ当主の座も得ると、瞬く間に滝沢本家を乗っ取ってしまった。

瑠璃は母屋を追われ、離れとも言い難い小屋に住まわされ、使用人のように働かされてきた。何度も「逃げ出したい」と思ったが、若い娘が着の身着のまま家を飛び出したところでその末路は想像がつく。

行く当てのない瑠璃は、東吉郎の庇護《ひご》下《か》でしか生きてはいけなかった。

東吉郎が瑠璃に見合い話を持ってき始めたのは、一年ほど前からだ。

祖父と孫以上に年の離れた士族の後妻や、妻に格上げされる予定のない妾《めかけ》など、明らかにお金と引き換えだとわかるものばかりだった。瑠璃はそれでも「家から出られるのなら……」と思って見合いに臨み、そのたびに勾仁に阻止され、見合い相手はいずれも今日と似たような状況になっている。

見合いを繰り返すこと七度。この青年は有名な材木問屋の跡取り息子で、二十歳にして立派な跡継ぎという、条件だけ見ればまたとない良縁のはずだった。

「今度こそって思ったのに」

今日はいつもの古びた小袖ではなく、群青色の上等な小紋を纏い、十六歳の可憐《かれん》な華族令嬢に見えるよう丁寧に髪も梳《と》かしてきた。

少しでも印象がよくなるように、慣れない笑顔の練習もした。

荒れた指先は相手の目に触れぬよう、挨拶のときも自分の手と手を軽く握って必死でごまかした。

すべては、嫁いで家から出るために。

「あああ、許してくれ……私が悪かった、頼む、謝るからこの通り……！」

瑠璃の努力の甲斐《かい》なく、見合い相手はこうして懺悔《ざんげ》を続けている。

『命を取られぬだけありがたいと思え』

勾仁はそう言い捨て、冷酷な目で見下ろしていた。

見合い相手の彼は、姿も視えない式神の何かを感じ取ったのか、ますます震え上がる。

どう考えても、もう見合いどころではない。

「わかったから、彼を元に戻してください」

諦めた瑠璃が勾仁に術を解くよう命じたとき、異変を察知した使用人らが部屋に駆け込んできた。

「いかがなさいました!?」

「っ!!　若旦那様、これは一体……!?」

使用人たちからすれば、主《あるじ》がいきなりおかしくなってしまったと思うだろう。霊力のない人間に式神は視えず、勾仁の存在には気づくこともない。

瑠璃がちらりと勾仁に視線を送れば、まだ物足りなそうな顔をしつつも扇をパチンと鳴らして閉じ、幻術を解いてくれた。

「旦那様を連れてこい！」

「医者を呼べ！」

使用人たちが大騒ぎする中、無表情でそれを眺めていた瑠璃はこれからどうしたものかと頭を悩ませる。

（あぁ、またあの家から出る機会を失った）

没落華族令嬢、式神付き。

まともな縁談すら期待できず、自力で生きていくこともできず、これからどうしたものかと途方に暮れるのだった。

滝沢邸に戻ってきた瑠璃は、使用人が使う裏門をくぐる。

まだ陽《ひ》は高く、こんなに早く帰ってくるなんてと自分でも呆れてしまう。

果たして「次」はあるのだろうか、とそんなことを思ったとき、塀の上にいた毛足の長い縞模様《しまもよう》の猫が瑠璃の姿を見つけて笑った。

『あら、早いわね。また失敗したの？』

「毛倡妓《けじょうろう》」

一見すると普通の猫だが、三百年は生きているあやかしだ。昼間は猫の姿で滝沢邸に住み着いていて、夜には美貌の遊女に姿を変えて出かけている。

瑠璃は目線より少し高い位置にいる毛倡妓に対し、かすかに眉尻を下げて言った。

「お相手に難があって、勾仁が許してくれなかったのです」

『また？』

瑠璃と毛倡妓にじとりとした目を向けられ、勾仁はすっと目を逸《そ》らす。

その後、今日の出来事を聞いた毛倡妓は、あはははと明るい声で笑い転げた。

『信じられない！　はずれもいいところじゃないの、そんな男』

「それはそうなんですが……」

『だとしてもさぁ？　ほかでもない瑠璃が「どんな相手でもいい」って言ってるんだから、好きにさせてあげればいいのに。勾仁のそれは自己満足よ、自己満足！』

毛倡妓に笑われ、勾仁は思い当たる部分があるのか黙ったままだ。

勾仁は父が遺した式神なので、術者亡き今いつまで瑠璃のそばにいられるかわからない。勾玉に込められた霊力が尽きれば、勾仁はここに留《とど》まれなくなってしまい、瑠璃を守ることができなくなる。

「私も勾仁も、どちらも納得できる嫁ぎ先というのは条件が厳しいようです」

瑠璃だって勾仁の気持ちはわかる。大事に思ってくれるのはうれしい。けれど、このままでは今の暮らしから抜け出せない。

『少し寝る』

勾仁はそう言うと、煙が消えてなくなるようにふっと姿を消した。どうやら居たたまれなかったらしい。

『人間って不便ね～』

自由気ままな毛倡妓に、人間の世界は理解できないらしい。

「私もそう思います」

これから離れに戻って着替えを済ませ、夕方には戻ってくる東吉郎に見合いの報告をしなくてはいけない。

七度目ともなれば向こうもある程度の予想はしているだろうが、怒った東吉郎やその妻から嫌みをもらうことを考えると憂鬱な気分になる。

「では、私はこれで」

毛倡妓に一言告げ、歩き始める瑠璃。

ところが、またすぐに呼び止められた。

『瑠璃』

「はい」

『巫女《みこ》が望めば、私たちは力になるわよ』

普段なら笑って聞き流しただろう。でも今日はさすがに徹《こた》えたので、振り返った瑠璃はつい耳を貸してしまった。

「具体的には？」

嫁ぐ以外に、この苦境から逃れる方法があるなら……。

かすかに期待してしまった。

『屋敷の者を取り殺したり、街中に病の元を振りまいたり？　あやかしを集めれば何でもできるわよ』

「そういうのは求めていません」

きっぱりと断る。人に迷惑をかけてはいけない、人は助け合わなければならない、という亡き両親の教えは守りたかった。

毛倡妓はにやりと笑うと、『それは残念』と言い残してトコトコと塀の上を歩き、屋敷の外へぴょんと飛び降りた。

（あやかしには、絶対に助けを求めない）

瑠璃は改めてそう思う。

それから一人で離れに戻り、色褪《いろあ》せた小袖に着替えた。鏡に映った自分の姿はどこからどう見ても奉公人で、とても華族令嬢には見えない。

——巫女が望めば、私たちは力になるわよ。

耳に残る、毛倡妓の言葉。

瑠璃は胸の前でぎゅっと拳を握り締めた。

巫女とは、陰陽師の家系におよそ百年に一人生まれる『神のお告げを賜る娘』。未来を予知できると言われている。

強い霊力を秘め、あやかしに好かれやすく、人とあやかし双方にとって特別な存在なのだそうだ。

一族の当主や陰陽寮《おんみようりよう》に巫女だと認定された娘は、古《いにしえ》より為政者のそばで能力を生かし、その治世を支えてきたと伝わっている。

陰陽道が禁止され四年、陰陽寮が廃止された今も巫女の力を欲する者は多く、上昇志向の強い陰陽師の当主たちは、自分の娘にその能力が目覚めるのを期待する。

(巫女の力があったところで、何の意味もないのに)

瑠璃は幼い頃から何度も未来を夢に見ていて、身の回りでこれから起こる出来事を知ることができた。けれど、幼い頃は夢で見た内容をうまく言葉にして伝えることができず、しかもいつそれが起こるか正確な日時まではわからない。

娘の言動から「もしや……?」と感じ取っていた両親も、そうだと確信したのは瑠璃が十歳を迎える頃だった。

——いずれ瑠璃の能力が安定し、世が落ち着いてから藩主様にお伝えしよう。

当時、世は徳川の時代から明治へと移り変わる真っただ中。巫女の能力の片鱗《へんりん》が現れた時点で、藩主や陰陽寮へ報告する決まりだったが、父はそうしなかった。

政治の場で昔ほど権威のない陰陽師、出世に目が眩《くら》んだ者、幕軍の生き残り……、巫女を利用しようとする者はいくらでもいる。あまりにも不安要素が多く、両親は一時的に娘の能力を秘匿することを決めた。

自分が巫女であることは、誰にも言ってはいけない。気づかれてはいけない。瑠璃は、亡き両親と約束を交わしていた。

明るい世はすぐそこまで来ているのだから、そう遠くないうちに一族に告白できる日が来る。巫女の力を、よりよい世を作るために役立てられる日はきっと訪れる。そんな展望を抱いていた両親だったが、まさか出かけた先で事故に巻き込まれ、娘を置いて二人同時に亡くなってしまうとは思いもしなかったはずだ。

(両親すら救えなかったのに、未来がわかったところで何の意味があるの？)

十歳だった瑠璃は、あの日両親が馬車の事故に遭うことを夢で見た。

突然目の前を横切った鳥に興奮した馬が暴れ出し、御者は振り落とされ、二人の乗った馬車は脱輪した後に横転する。

目を覚ました瑠璃は、激しく打つ胸の音が落ち着くのも待たず両親を探し求めた。

両親の姿を見て、安心したかった。

まだ早朝とはいえ寝間着姿で歩き回る瑠璃を見て、使用人たちが何事かと目を丸くしていたのを覚えている。乳母だったキヨに「旦那様と奥様は朝早くからおでかけになりましたよ」と教えられた瑠璃は「お願いだから、今日じゃないように……！」と必死で願った。

しかし、そこにやってきたのは、両親の訃報を告げる陰陽寮の使いだった。

(私は、助けられなかった……)

勾仁は『人には変えられぬ天寿がある』と言い瑠璃を諭したが、未だに後悔は消えないままだ。

あれから六年。帝都は、両親が望んだ明るい世に近づいていると感じられる。けれど、瑠璃は滝沢家にぽつんと取り残されてしまったような気がしていた。

東吉郎は「瑠璃に巫女の力があれば、それを利用して自分が政府の要職につける」と期待していたが、瑠璃が予言については一切触れずひたすらに使用人の仕事をしていたので諦めてくれた。その結果、「せめて縁組で滝沢家の役に立て」ということでろくでもない見合いをすることになっていたのだが……。

それもことごとく失敗。最近では、見合い相手が正気を失い破談に終わることが広まり、「悪霊に憑《つ》かれているのではないか？」と悪評も立てられていた。

ただでさえ、式神やあやかしと話す姿を使用人たちに目撃され、突然に独り言をしゃべるおかしな娘と思われていたのだ。誰もそれを疑わない。

瑠璃は「気味の悪い子」と使用人や出入りの者たちから避けられ、奇異の目を向けられている。

(これからどうしたらいいんだろう)

床に座り、鏡の前でぼんやりしていたそのとき、離れの扉が控えめに叩《たた》かれる。

ここを訪ねてくるのはたった一人しかいない。

「タケさん」

瑠璃は、相手の名も聞かずに扉を開けた。

そこにいたのは、予想通り使用人のタケ。手には握り飯の包みを持っていて、瑠璃を心配してこっそり持ってきてくれたのだとわかる。

「お嬢様、おかえりなさいませ。どうぞ、これを召し上がってください」

両親が生きていた頃と変わらず、タケは瑠璃のことを「お嬢様」と呼ぶ。今、この滝沢家で瑠璃によくしてくれるのはタケだけだ。満足に食事をもらえないとき、彼女が自分の分を密《ひそ》かに分けてくれたことも一度や二度ではない。

「ありがとうございます。うれしい、昨日の夜から何も食べていなかったから」

包みを受け取り礼を言うと、タケは悲しげに眉根を寄せた。

「そのご様子では、見合いは今度も……？」

「ええ、まだしばらく滝沢家でお世話になります」

肩を落とす瑠璃に、タケは心から残念そうに言う。

「あぁ、お嬢様がどうしてこのようなことに。世が世なら藩主様の奥方様にもなれるお家柄ですのに」

こういうとき、タケは決まって「世が世なら」と繰り返した。

瑠璃はそのたびに苦笑いするだけだ。

（世の中は変わって、両親との思い出の詰まったこの家も変わっていく。母屋は異国の品で溢《あふ》れ、使用人は入れ替わり、何もかも変わってしまった。私はただの居候で、とっくにお嬢様なんかじゃない）

両親のために滝沢家を取り戻したいと思った時期もあったが、家を継げるのは長男だけで瑠璃には無理だ。

東吉郎は、霊力が少ないとはいえ親族が正式に認めた現当主で、瑠璃が家を取り戻せる可能性は限りなくゼロに近い。

今を受け入れて、どうにかやっていく術《すべ》を身につけなくてはと瑠璃は思う。

「お嬢様、またすぐ仕事を……？　戻ったばかりでお疲れでしょうに」

「私は大丈夫ですから、タケさんこそ無理しないでくださいね」

暗い気持ちになりかけていたけれど、こうして心配してくれる人がいる。

大丈夫、自分は一人じゃない。タケにもらった握り飯を食べると、まだもう少しがんばれそうな気がした。

再び一人になると、改めて今後のことを考える。

（どうせ変わってしまうのなら、新しい人生を生きてみたい。ここを出て暮らしてみたい）

欲を言えば、奉公先を見つけて働くのが理想だ。しかし、東吉郎がそれを許すわけがない。現状、結婚してここを出るのが現実的だった。

（今すぐには叶《かな》わなくても、いつかきっと……！）

瑠璃は気を取り直し、母屋での仕事に向かった。


滝沢家の母屋には、現当主である東吉郎とその妻子が暮らしている。

周囲の武家屋敷と比べても立派な屋敷ではあるが、裏側は壁が剝《は》がれかかっていたり、松の木の剪定《せんてい》が疎《おろそ》かになっていたりと、厳しい懐事情が窺《うかが》える。

使用人はどんどんいなくなり、藩の筆頭家臣で陰陽寮とも親交の深い名家であった過去の栄華は見る影もない。

今では使用人もタケを含む女性が六人、男衆三人のみ。瑠璃は使用人と一緒に掃除や食事の下ごしらえ、水汲《みずく》みなどをして一日を過ごす。

そんな窮状でも、東吉郎一家は贅沢《ぜいたく》をやめることはない。

今いる改装した洋間には豪華な調度品が並び、これらを丁寧に磨くのも瑠璃の仕事だった。

「おまえは本当に役立たずだ！　居候が式神なんぞを持つから、こういうことになるんだ！」

外から戻ってきた東吉郎は、瑠璃の見合いがまた失敗したことを聞き、食卓に着くなりそう言った。

東吉郎は歴代の当主に比べると霊力が少ない。あやかしや式神を感じ取ることはできてもはっきりと視ることはできず、その劣等感から金儲《かねもう》けと人脈作りに精を出し、口八丁で当主の座を手に入れた男だ。

瑠璃を引き取った東吉郎は最初こそ式神からの反撃を警戒していたものの、瑠璃がそうさせないのをいいことに、気に食わないことがあると罵倒を繰り返すのはしょっちゅうだ。

「親もいない、巫女でもない、そんなおまえに縁談が来るだけありがたいと思え！」

瑠璃は壁際に立ち、ただ黙って彼の怒りが収まるのを待つ。

東吉郎の妻である志乃《しの》や娘の寿々《すず》から、蔑みの目を向けられるのにも慣れていた。

「くっ……！　せっかく新たな事業の足掛けになると思ったのに……！」

東吉郎は食卓の上にあった陶器の置物を摑《つか》み、壁に向かって投げつけた。

ガシャンと激しい音がして、それを見た志乃が嫌そうに眉根を寄せる。

「あなた、少し落ち着いてください。瑠璃のために物を壊すなんてもったいないわ」

大げさにため息をつく志乃に同調し、隣に座っていた寿々が意地悪く笑う。

「お父様、瑠璃を嫁に欲しがる人がいるわけないじゃない。辛気臭い顔して、美しさも教養もないのに」

同じ十六歳の寿々は、昔から瑠璃を敵視してきた。

本家の娘として大事にされる瑠璃に嫉妬し、立場が逆転してからはあれこれ難癖をつけて瑠璃をあざ笑うことに喜びを感じている。

「式神が憑いてるっていうのは嘘で、実は悪霊では？」

霊力のない寿々はあやかしも式神も視えないため、「すべて瑠璃の妄想だ」と昔から批判してきた。

志乃も同様の態度で、瑠璃を「不気味だ」と言って離れに追いやった。

「情けないわね。同じ滝沢家の一族だなんて思いたくもないわ。まったく、大した財産もない家を継いで守ってやっているというのに、おまえはちっとも使えない」

何と言われてもいい、彼らが瑠璃を罵るのはただの憂さ晴らしなのだから。ただこの時間が過ぎるのを、瑠璃は黙って耐えていた。

ところがここで、東吉郎が瑠璃の父のことまで持ち出してくる。

「おまえの父親が愚かにも藩主の言いなりになったから、こっちが苦労しているんだ。迷惑料でも貰《もら》いたいくらいだな！」

当主になれば滝沢家の莫大《ばくだい》な資産が手に入り贅沢な暮らしができると思っていた東吉郎は、当てが外れたと卑しい心根を隠そうともしない。

（父様は藩主様の言いなりになったわけじゃない。藩のために、皆のために財産を差し出したんだから）

瑠璃の父は「新しい世を作るため、少しでも助けになれれば……」と、私財を惜しみなく献上して戦に協力した。

人は贅沢なんてしなくても幸せになれる。そう言い切った父のことを、瑠璃は誇りに思っていた。

（父様は何も間違っていない。間違っているのは、あなたです）

そう反論したいところをぐっと堪《こら》える。けれど、少しの怒りも表に出さないのは難しかった。お腹《なか》の前で繋《つな》いでいた両の手を、無意識のうちにぎゅっと握りしめる。

「ねぇ、見合いはやめて、どこかに売ってしまえばよいのでは？　もう十六だと高値は望めないでしょうけど」

身売りを仄《ほの》めかされ、瑠璃が一瞬びくりと肩を揺らす。

しかしそれは、そうなることを恐れてではなかった。

（お願い、出てこないで勾仁……！）

瑠璃は胸元に入れてある勾玉から次第に不穏な空気が流れ出るのを感じ、慌てて念じるように話しかける。

今ここで式神が暴れでもしたら、それこそこの屋敷にいられなくなる。

（もしも手加減できずに、誰かを死なせてしまったら……。勾仁に穢《けが》れてほしくない）

式神は、術者の意向がなくても人を殺《あや》めることができる。

しかしそのようなことを続けていれば、怨念や悪意が『穢れ』となってまとわりつき、いずれ悪神《あくじん》と化す。

早くこの場を収めなくては……！　瑠璃はその一心で、必死で東吉郎らに訴えた。

「身売りだけはご勘弁を。どうか、お願いします」

できるだけつらそうに、なるべく憐《あわ》れに見えるように。

六年も一緒にいれば、どうすれば彼らが喜ぶかわかっていた。

悲痛な面持ちの瑠璃を見た東吉郎たちはようやく満足し、床に散らばった陶器の欠片《かけら》を見て告げる。

「おまえのせいでこうなったんだから、きちんと片付けておけ」

「かしこまりました」

瑠璃は素直に従い、かがんで欠片を拾い始める。

食卓では何事もなかったかのように家族団らんが始まり、寿々がさっきとはまるで違う明るい声で両親に話しかけた。

「そういえば、明後日《あさって》は静子《しずこ》さんのお屋敷に招待されているの。素敵な洋館が完成したから見学させてくれるって。新しい洋装もたくさん増えたそうよ」

明治政府の高官を父親に持つ静子は、友人らを定期的に屋敷に招き、新しい衣装や小物、絵画や楽器を披露していた。

「ほぉ、随分と金をかけているな。よし、こちらも負けてはおれん。寿々、何でも好きな物を買ってやろう」

「うれしい！」

親の懐事情など我関せずで、贅沢を望む寿々。そんな娘をただ甘やかす夫妻は、金など何とかなると楽観的に考えていた。

割れた陶器の欠片を拾いながら、瑠璃は明後日のことを案じる。

（静子さんのところへ行って、また寿々さんが癇癪《かんしゃく》を起こさなければいいけれど……）

思い通りにならないことがあると、寿々はいつも使用人に当たり散らす。

瑠璃がその対象になることは多く、明後日はなるべく寿々に見つからないようにしようと思うのだった。

「うちもそろそろ洋館を建てて良い頃だな。蔵が邪魔だからそこに建てるか？」

東吉郎は四十歳を迎えても新しい物に目がなく、洋装もいち早く取り入れ、今着ている一張羅もかなりの大金を出して仕立てさせた。

今度は、見栄《みえ》のために先祖代々受け継がれてきた蔵を壊すつもりだった。あそこには、霊力の少ない東吉郎の手には余る代物が数多く保管されている。

穢れを移すための撫物《なでもの》や対象の身代わりとする形代《かたしろ》など、呪物《じゅぶつ》と呼ばれる道具は様々で、それらを使うにも処分するにも適切な知識が必要ということでこれまで放置されてきた。

「中の物はどうするのです？　下手に触ると災いが起こるのでしょう？」

志乃が嫌そうに眉を顰《ひそ》める。

「この間、博覧会の紹待状をもらおうと九堂《くどう》殿のところへ出向いたときに、ちょうどそんな話があってな。九堂殿は顔の広い美術商だけあって、帝都一と名高い呪術医《じゅじゅつい》を知っているらしい。あさけの町の方にある、確か『泉縁堂《せんえんどう》』だったか……？」

呪術医とは、陰陽道《おんみょうどう》の使い手で呪物の扱いに長《た》けた専門職だ。呪いや災いを受け穢れが溜《た》まった人間を診てくれる医者であり、あやかしに負わされた傷は彼らにしか治せない。

旧陰陽寮と繋がりのある者たちは呪術医に伝手《つて》を持っているが、界隈《かいわい》で帝都一と称されるような名医にはなかなか巡り合えることはない。

志乃は、呪術医を探し出す手間賃が省けたと喜ぶ。

「早い方がいいな。こちらに来てくれるよう頼んでみよう」

蔵を取り壊すことは決定事項になっていて、瑠璃はその安易な考え方に懸念を抱く。

(蔵にあるのは先祖代々受け継がれてきた物なのに……。それに付喪神《つくもがみ》の宿る道具もあるはずで、失敗すればどうなるか？　本気ですべて売るつもりなの？)

陶器の欠片を拾う手が思わず止まるも、瑠璃にはどうすることもできない。

「まだいたの？　本当に愚図ね」

寿々に睨《にら》まれた瑠璃は、急いで残りを拾い集める。そしてそれらを前掛けに包み、落とさないよう気を付けながら部屋を出た。

この日は、とても寝苦しい夜だった。

思えば、厨房《ちゅうぼう》で一人残って後片づけをしていたときから嫌な気配がしていた。しんと静まり返った真夜中になり、眠りについた後もそれは続いていた。

「うう……」

薄い布団の上、寝がえりを打った瑠璃は息苦しさに顔を顰《しか》める。

何か得体の知れない嫌なものが近づいてくる。そんな気がした。

「勾仁？」

目が覚めた瑠璃は汗だくで、手で額の汗を拭いつつ起き上がる。枕元に置いてあった勾玉を摑もうとするもそこには何もなく、ここに勾仁がいないと気づいた。

慌てて扉の方を見れば、外から低い声が聞こえてくる。

――我らの……こ、力を……。巫女を……。

背筋がぞくりとして、思わず身を竦《すく》める。

確かにそこにあるあやかしの気配。それに、禍々《まがまが》しい穢れが伝わってきて心臓がどくんと大きく跳ねた。

しかしすぐにまた静寂が訪れ、あやかしの気配は霧散する。

（消えた……？）

じっと扉を見つめていると、するりと通り抜けて入ってきた勾仁と目が合う。その眼差《まなざ》しはいつもより格段に鋭く、手には扇ではなく鈍色《にびいろ》に光る刀を握っていた。

勾仁が穢れの溜まったあやかしを片付けてきたのだと、瞬時に理解する。

『起きたのか。少々騒がしかったか？』

「勾仁」

瑠璃はほっと安堵《あんど》すると、布団から出て彼の下へと駆け寄る。

勾仁は刀を消し、何事もなかったかのように笑った。

「はた迷惑なあやかしが訪ねてきただけだ。もう還《かえ》らせた」

巫女の霊力につられ、あやかしがやってくるのは珍しくない。闇夜に紛れてやってくるあやかしの中には、巫女を食らおうとするものもいた。

勾仁は、いつものようにそれを斬って退治しただけだと報告する。

「怪我《けが》はありませんか？」

『あるわけがない』

あっけらかんとそう言われ、瑠璃はようやく笑みを見せる。このようなことはこれまでにもあったが、いくら勾仁が強い式神でもいつでも無事とは限らない。

瑠璃の心配をよそに、勾仁は居間に上がると「さっさと寝ろ」と促す。

「私が自分で結界を張れるようになればよいのですが……」

布団の上に座り、何気なくそんなことを口にする。

胡坐《あぐら》をかいて板の間に座る勾仁は、無茶なことを言うなと薄く笑った。

『もうすぐ、ほおずき祭りの時期だ。市もあちこちで開かれるから、あやかしが騒ぐのは仕方ない』

「あぁ、もうそんな時期ですか。あやかしも賑《にぎ》やかなのが好きですからね。ふふっ、こんな風に襲ってこられるのは迷惑ですが」

『笑い事か……？』

呆れたように目を眇《すが》める勾仁を見て、瑠璃は軽く首を振って否定する。

「いえ、もちろん恐ろしいのはそうなんですけれど、『困ったものだな、でもどうしようもないな』と思ったらちょっと呆れてしまったといいますか……」

勾仁は少しの間沈黙し、何やら考え事を始めた。

瑠璃も同じように黙ったまま、しばらくその姿を眺めていた。

(この家を出られたとしても、私に巫女の力がある限り嫁ぎ先にも迷惑をかけてしまう。勾仁が守ってくれている間は大丈夫でも、その先のことも考えなくちゃ)

問題は山積みで、解決の糸口すら摑めない。

だとしても、「死んだらそれで仕方ない」と諦めることもできなかった。

『どうした？』

ふと気が付くと、勾仁が不思議そうにこちらを見ている。

瑠璃は「何でもない」と言って笑ってごまかした。

「いつもありがとうございます。おかげさまでこうして今日も生き延びました」

『礼などいらぬ。瑠璃を守るのは私の役目だ』

話しているうちに汗は引いていて、瞼《まぶた》がゆっくりと落ちてくる。

「おやすみなさい」

『あぁ、おやすみ』

瑠璃はもう一度横になり、目を閉じる。

眠りにつく直前、両親と共にほおずき祭りへ行き、赤い花の絵柄のついた風鈴を買ってもらったことを思い出した。

両親は瑠璃をとてもかわいがってくれて、幸せな日々だった。

(風鈴は早々に割ってしまって、いっぱい泣いて父様を困らせたわね)

滝沢成澄という人は、当主としては厳格で頼もしかったが、娘である瑠璃の前ではただの子煩悩な父親だった。

頭を撫でてくれる大きな手の感触も蘇《よみがえ》ってくるようで――――。

「勾仁、寝られません」

瑠璃はぱちりと目を開けた。

寝ている瑠璃のすぐそばに座り、まるで幼子を愛《め》でるように頭を撫でる勾仁。

その手を引っ込めた彼は、少し不満げな顔をする。

『昔はよくこうして寝ていただろう』

「私はもう子どもじゃないんですよ？」

『知らぬ』

寝られないからやめてくれと伝えると、勾仁はばさりと袖を翻して背を向ける。

（どっちが子どもなんだか）

瑠璃は小さく息をつくと、今度こそ眠りについた。


翌朝、目覚めた瑠璃が真っ先に向かったのは屋敷の裏庭にある洗濯場だった。

（タケさん……！　この時間ならあそこにいるはず）

着物の裾を片手で押さえながら、慌てて廊下を走る。

（落ち着いて、大丈夫よ。ほおずき祭りは今日じゃない。市もまだ開いてない。今ならまだ間に合う……！）

自分にそう言い聞かせるも、不安が次第に大きくなり、頬は強張《こわば》っていた。裏口に置いてあった下駄《げた》を履き、足がもつれそうになるのにも構わず必死で駆ける。

瑠璃がこうしてタケの下へ走るのには、理由があった。

夜明け前、瑠璃は久しぶりに夢を見たのだ。

賑やかな市の光景に、楽しそうに歩く人々。それは両親と行った祭りの記憶とはまた違う。昔より明るい色の着物を着た人々が増え、洋装の異国人もいる。その様子から、瑠璃は「これはいつの市だろうか？」と思う。

しばらく人波に乗って歩いていると、混雑の中で人を避けながら歩くタケの姿が目に入った。妹らしき女性と一緒にいて、普段と変わりないように見える。

瑠璃は、夢だとわかっていながらその後を追いかけていく。

嫌な予感がして、心臓が速く鳴り始めた。こんな風に夢に見知った人間が出てくるときは、その人に何かが起こる。

お願いだから何も起きないで……！　懸命に祈るも、角を曲がったところで異変は起きた。

『きゃぁぁぁ！』

『逃げろ！』

牛に曳《ひ》かせた大八車《だいはちぐるま》から積み荷が落ち、悲鳴や怒号が周囲に響く。そして、そこに居合わせたタケは大きな樽《たる》の下敷きになってしまった。

『タケさん!!』

騒然となる往来で、瑠璃は人々の体をすり抜けて一目散にタケのそばへ駆け寄る。

頭で考えるより先に、目の前にある大きな樽を動かそうとしたが、夢の中では触れることすらできない。

地面にじわりじわりと広がる赤い血に、絶望で息を呑《の》んだところで目が覚めた。

「――っ！」

見慣れた古い天井を見つめたまま、荒い呼吸を繰り返す。

起き上がって「あれは夢だったのだ」と理解した後も、手の震えが止まらなかった。

（これが本当に起こる事故なら……！　タケさんは市に行ったら死んでしまう）

気持ちを落ち着かせようと、枕元に置いてあった勾玉を無意識のうちに右手でぎゅっと握り締める。

（今ならまだ……まだ間に合う）

瑠璃は急いで寝間着を脱ぎ捨て、裾のほつれた小袖に着替えた。

自分が何かしたところで、結末は両親と同じかもしれない。そんな不安が頭をよぎるも、体はすでにタケのところへ向かおうとしていた。

両親亡き後、唯一自分に優しくしてくれた人を見殺しにすることはできなかった。

離れから必死で走った瑠璃は、いつもと変わらぬ様子で洗濯をしているタケを見つけて呼びかけた。

「タケさん！」

「どうなさいました？　お嬢様」

その雰囲気に、ただ事ではないと感じ取ったタケは心配そうな顔をする。しわだらけの細い手で濡《ぬ》れた襦袢《じゅばん》を持ったまま立ち上がり、さらに尋ねた。

「何かございましたか？　そんなに血相を変えて……」

瑠璃はタケの目の前まで走ると、立ち止まって呼吸を整える。早く用件を告げようとしたが、荒い息はなかなか収まってくれずうまく伝えられなかった。

やっとまともに話せるようになったとき、タケは不安げな瞳で瑠璃を見つめていた。

「あの……、違うの。何かあったわけじゃなくて……。その、ほおずき祭りの市には毎年行っていますよね？」

「ええ、それがどうかしましたか？」

タケは、近くに住んでいる妹と共に毎年出かけていた。

今年も神社で待ち合わせ、一緒に向かう予定らしい。

「お願い、今年は行かないで……！　お願いします」

「へ？　え？」

突然のお願いに、タケはかなり困惑していた。

それはそうだ。理由も告げずにただ「行かないで」と頼み、「はいわかりました」と返事をする者がいるわけがない。

タケは長年滝沢家に仕えているが、瑠璃が巫女であることはわかっていない。巫女という存在があることすら知らない。

すべて話せないもどかしさに焦《じ》れながら、タケに生きてほしい一心で懇願する。

「今年は、その……。危ないんです。うまく言えないんですけれど、市には行かないでください。お願いします！」

事情が呑み込めず、瞬《まばた》きを繰り返すタケだったが、瑠璃の真剣な顔を見て「わかりました」と言ってくれた。

「お嬢様がそうおっしゃるなら、今年はやめておきます」

「ありがとうございます……！」

安堵の息をつき微笑《ほほえ》む瑠璃を見て、タケもまた静かに微笑んだ。

彼女が濡れた襦袢を持っていたことに気づき、瑠璃は「手伝います」と申し出る。

（よかった、タケさんがわかってくれて）

こんなに強引に頼んだのは初めてで、今になって「相当おかしなことを言った」と自覚してきた。年に一度の楽しみを奪うことになるけれど、タケにはどうしても行ってほしくなかった。

二人で並んでしゃがみ、洗濯物を一枚一枚洗っていく。まだ日が昇ってそれほど時間は経《た》っていないのに、蒸し暑さからこめかみや首筋に汗が滲んだ。

（これでよかったのよね？）

タケが市へ行かなかったとしても、怪我をしたり死んだりすること自体は回避できないのではないだろうか？

時間や場所が違うだけで、同じ未来が待っているのでは？

考えれば考えるほど、嫌な想像が広がっていく。

どうか無事であってほしい。瑠璃はただひたすらに願っていた。

◆◆◆

「あっ、タケさん！　私がやります」

厨房で、朝食の後片付けをしていたタケを見つけ、瑠璃はすぐさま声をかける。

「すみません、お嬢様に私の代わりをさせるなんて……」

タケは、申し訳なさそうに眉尻を下げて言った。その左腕にはくすんだ白い布が巻き付けられていて、先日負った怪我がまだ治っていない様子だった。

「こういうときくらい頼ってください」

遠慮しないで、と瑠璃は笑う。タケが怪我を負ってからというもの、もう何度も繰り返されているこのやりとり。タケの分の水仕事は瑠璃が担っていた。

「治りはどうですか？　まだ痛みますか？」

瑠璃はテキパキと洗い物をしながら尋ねる。

「少しだけ……。でも随分とよくなりました。この年で怪我をするなんて、お恥ずかしい。どうかお気を付けてと、私がお嬢様に念を押す側でしたのに」

「でもあれは寿々さんが……」

先日、例年通りほおずき祭りは行われた。市は盛況だったと、瑠璃は偶然滝沢家にやってきた商家の使いの少年から話を聞いた。

タケが通る予定だった場所では、やはり事故が起きたが、幸いにも怪我人はいなかったらしい。

けれどあの日、屋敷にいたタケは癇癪を起こした寿々のせいで左腕に傷を負った。

寿々は友人の静子にいい縁談がきたことを知り、「どうしてあの子ばかり！」と使用人たちに八つ当たりをし、手が付けられない状態だった。

「瑠璃お嬢様がご無事でよかったです」

寿々が廊下にあった花瓶を投げ、それが掃除中のタケや瑠璃のそばで砕け散った。

タケが血を流すのを見ても、寿々は謝罪するどころか「そんなところにいる方が悪い」と言い放ち、部屋に戻っていってしまった。

（今回のことは、完全には不幸を回避できなくて怪我を？　それともただの偶然？）

真相はわからない。でも、タケが今こうして生きていてくれることはうれしい。

(初めて巫女の力が役に立った。まだ信じられないくらい)

未来は変えることができる。この力があってよかったと、少しだけ思えた。

ふと振り返れば、怪我をしていてもせっせと掃き掃除をするタケがいて、瑠璃は「仕方がないな」と思い少しだけ笑った。

「無理しないでくださいね？　掃き掃除も私がしますから」

「いえ、このくらいは……。あぁ、でもこれではお客様の前には出られませんね。直《じき》に九堂様がお越しになるのに」

今日は蔵の中の物を確認するために、美術商の九堂たちが滝沢家を訪れる予定だ。

出迎える東吉郎一家はいつもより早い時間に朝食を終え、今は着替えを行っている。

客人を出迎えるのに、使用人が誰もいないわけにはいかない。東吉郎の鞄持《かばんも》ちの少年までもが小綺麗《こぎれい》な着物を着せられ、「立派な華族邸ですよ」という風を装うのだ。

「九堂様は、蔵の物を買い取ってくださるのかしら？」

「どうでしょうねぇ？　売れる物は、もうとっくに売ってしまったのでは？」

遠くの方から、馬車の近づいてくる音が聞こえる。まだ片づけは途中だが、瑠璃は急いで濡れた手を拭き、少々汚れていた前掛けを外して棚の縁にかけた。

「またすぐに戻ってきますから、置いておいてくださいね」

働き者のタケが心配な瑠璃は、そう念を押してから厨房を出た。

一人廊下を小走りに進んでいると、いつの間にか出てきていた勾仁がバカにしたように笑う。

『はっ、価値のわからぬ者が蔵を漁《あさ》るとは、恐ろしい時代になったものだ』

そんなことを言っても、時代は変わる。

これもまた受け入れていくしかないのだろう、と瑠璃は思った。

『人は目に見えぬものを信じない。だが、そのくせに恐れはする。奇妙なものだ』

「本当ね。信じてるのか信じていないのか、どっちなのかしら？」

瑠璃からすれば、物心つく前からあやかしや式神が身近にいた。

（私の場合、普通は視えないんだと理解する方が時間がかかったのに）

ここで瑠璃はふと気づく。

「ダメですよ、出てきちゃ」

九堂はともかく、呪術医には勾仁の存在を気づかれるだろう。

以前、たまたま訪れた若い僧に勾仁を視られてしまい、羨望の眼差しを向けられた上に大層ありがたがられて拝まれたのだ。また面倒なことになっては困る。

『私も呪術医とやらを見てみたい。気づかれぬように努めよう』

瑠璃の心配をよそに、勾仁はそう言ってついてきた。

玄関に到着したときには、馬車の中から客人がすでに下りてきていて、東吉郎一家の背後に使用人の小春《こはる》と文乃《ふみの》が並び、そのまた後ろに瑠璃が控える。

「ようこそお越しくださいました、九堂殿！」

弾んだ声で東吉郎が挨拶をする。志乃は黄色の派手な衣装《ドレス》を纏い、寿々も初めて見る薄紅色の衣装で存分に着飾っていた。

「お招きいただき光栄です、東吉郎殿。今日は滝沢家の蔵が拝見できるとのこと、楽しみにして参りました」

九堂は茶色の洋装で、異国風の杖《つえ》を手にしている。

東吉郎より少し年上で四十代前半の彼は、東京だけでなく大阪や京都にも顔が利く、やり手の美術商らしい羽振りの良さを醸し出していた。九堂は、東吉郎が当主になってからたびたびやってきては、美術品や調度品、装飾品などの取り引きを行ってきた。

「ははは、こちらも楽しみにしておりましたぞ。で、そちらが噂《うわさ》の？」

視線の先には、九堂が連れてきた着物姿の青年がいる。見たところ年齢は二十代半ばで、いかにも医者か学者かといった理知的な雰囲気だった。

青年は少しだけ笑みを浮かべ、東吉郎に向かって名を名乗る。

「泉縁堂の土志田泉《としだいずみ》と申します。あさけの町で呪術医をしております。どうかお見知りおきを」

年の割に落ち着いた話し方をする彼は、「怪しげな術を使う呪術医になんて興味がない」と言っていた寿々までが見惚《みと》れるほど、整った顔立ちをしていた。

でも瑠璃は、彼の容姿よりもその羽織に目を奪われる。

（瑠璃紺色《るりこんいろ》……、懐かしい）

生前、父が偶然手に入れた縦縞柄の反物を広げ、「これは瑠璃の色だよ」と教えてくれたことを思い出した。あの瑠璃紺色の反物は母の訪問着に仕立てられ、そして両親亡き後はおそらく売られてしまった。

思い出すと少し寂しい気持ちになるが、今は感傷に浸っている場合ではない。

「さぁ、どうぞ中へ！」

東吉郎が大きな声でそう告げる。

九堂と泉は使用人たちの前を通り過ぎ、母屋の中へと入っていった。

皆と同様に頭を下げる瑠璃は、突然耳元で勾仁の声がしてびくりと肩を揺らす。

『あの泉という男、強い護符を身に着けているな』

さきほどまで屋根の上にいたはずの勾仁が、気づけば瑠璃の背後に来ていた。

勾仁の目は、母屋の廊下を進んでいく泉の背中に向けられている。

『あやかし除《よ》けの護符だ。あそこまで強い護符は珍しい』

瑠璃も泉のことを目で追うが、やはり何もわからなかった。

(昼間にそんな強い護符が必要だなんて、あやかしが嫌いなのかしら？　それとも、襲われるかもしれないって不安なの？)

あやかしが活発に動くのは夜と決まっている。まして、人を襲うようなあやかしが昼間に出たという話は聞いたことがない。

そんなとき、瑠璃の足元にふわふわの塊が現れる。

『ねぇ、あいつ弱いの？　すごく強い護符を持ってる』

いきなりやってきて失礼なことを言う毛倡妓を見て、瑠璃は目元を引き攣らせた。

泉が弱いから、あやかしを警戒して強い護符を持っていると解釈したらしい。

『護符なんて持ち歩いて嫌な男ね。あやかしもおまえを襲うほど暇じゃないっての！』

毛倡妓は長い毛をピンと逆立たせ、嫌悪感と敵意をむき出しにする。傍目《はため》には、不機嫌な猫にしか見えない。

瑠璃は、まぁまぁと言って彼女を宥めた。

「持ち歩いている理由はともかく、そんなに強い護符を作れるなら優秀な呪術医なんじゃないでしょうか？　蔵の物をきちんと扱ってくれるならそれでいいです」

そのとき、一人玄関先に残ったままだった瑠璃を呼ぶ声がする。

「瑠璃、お客様にお茶を出して」

先に中へ入った小春だ。客人へのお茶出しは、比較的楽な仕事なので、いつもなら彼女がやりたがるはずだった。

おそらく、蔵の物を気味悪がって近づきたくないのだろう。察した瑠璃は、「わかりました」と返事をする。

「そういうわけで、勾仁」

勾玉に戻って……と暗に頼むと、勾仁はにやりと笑った。

『これで堂々とあの男を探れる』

「まだついてくるつもりですか？」

瑠璃はぎょっと目を瞠《みは》る。

『さっきもバレなかっただろう？　さほど近づかなければ気づかれぬものだ』

「また私の言うことを聞いてくれない……！」

『人とは己の思うように動かぬものだぞ』

「あなたは式神です。主の思うように動いてくれると父から聞きました」

意見の食い違う二人。

それを呆れた目で見ていた毛倡妓は、「私はやめておくわ」と言う。式神である勾仁に護符は効かないが、毛倡妓にとっては不快でしかない。

ぴょんと飛ぶように雨どいに登り、そのままどこかへ行ってしまった。

母屋の北側にやってきた瑠璃の耳に、ちりんちりんと風鈴の音が流れてくる。

客人がいるのはこの先にある一室で、蔵から出した撫物や形代などの道具が一時的に置かれている。

「失礼いたします」

茶や菓子を載せた盆を手に、瑠璃は一声かけてから襖《ふすま》を開けた。

東吉郎と九堂、それに泉の三人はさっそく道具類の鑑定を始めていて、茶を運んできた瑠璃の方を振り向くことはなかった。

所狭しと並べられた道具を見て、瑠璃は「まだこんなにあったんだ」と密かに驚く。

一見するとただの古い道具だが、中には黒い靄《もや》がかかった青銅の器や手鏡もあり、悪《あ》しき力を取り込んだ状態であることが見て取れた。

見てしまったからには気になるものの、今の自分はただの使用人なのだ。瑠璃は無言で座卓の上に茶器を並べ始める。

「この手鏡やそっちの兜《かぶと》、それにこの細工物は買い取りますが、ほかは難しいかと」

九堂が苦笑いでそう言った。これらは値打ちのある物ではなかったらしい。

期待を裏切られた東吉郎は表情を曇らせる。

「そこを、どうにかなりませんか？」

「う〜ん、残念ながら売れるような物ではないですからな」

肩を落とす東吉郎を見て、その手で古い壺《つぼ》を拾い上げた泉が初めて口を開いた。

「祈禱や厄祓《やくばら》いに使う道具はそもそも九堂様が仕入れる物ではないでしょうし、それにこの壺などは蠱術《こじゅつ》に使った後の物でしょう」

黄土色の壺には、古い札がかろうじてくっついている。そこに書かれている赤い文字はかすれていて読めない。

泉は己の目の高さにそれを持ち上げ、まじまじと観察しながら言った。

「おそらくは、呪いを放った人物が処理に困って滝沢家の先祖を頼ったのでしょう。この赤い印は封印紋で、きちんと祓ってから処分しなければ災いが降りかかります」

「わ、災いとは?」

東吉郎が恐る恐る尋ねる。

泉は一拍置いた後、余裕の笑みを浮かべながら答えた。

「火に包まれるか蟲《むし》に襲われるか、何が起こるかは誰にもわかりません。あぁ、場合によっては故人の怨嗟《えんさ》の沼が発生してそこへ引きずり込まれるかも……? 一つ一つ調べていけば、面白い結果が得られるでしょうね」

「面白い……?」

「もちろん、無理にとは申しません。第一、ご当主殿がご自身で災厄を祓えるのであれば、今ここで壺を割ってみても問題ないでしょうし」

「とんでもない！」

「でしたら、ご依頼いただくのがよろしいかと。費用はかかっても、被害は防げます。腕には自信がありますので、ご依頼とあればすべてお引き受けいたしますよ」

理屈はわかるが、金がかかるのは嫌だ。そんな様子でぐっと押し黙る東吉郎。

泉と九堂はその間も、ほかの呪物を見て帳面に何やら書き記していく。

「まだ蔵にも幾つかあるということですし、後ほどそれも調べましょうか？」

泉の問いかけに、九堂はちらりと外を見る。

視線の先には古い蔵があり、扉は開放されていた。

「そうですな。東吉郎殿のお心次第ではありますが」

この様子だと依頼はなくなりそうだな、という予測が二人の顔に出る。

そのとき、九堂が持っていた手鏡から小さな獅子《しし》の付喪神がひょっこり姿を現した。

瑠璃は、思わず「あっ」と声を上げそうになった。

『付喪神か。あれは随分と若いな』

廊下にいる勾仁が呟《つぶや》く。

瑠璃はどきりとするが、三人が勾仁の声に気づくことはなかった。

獅子はうれしそうに畳の上を駆け回り、泉に興味を示してそばに寄る。そして泉の衣の裾を咥《くわ》えると、くいっとそれを引っ張った。

――気づいて、こっちを見て。

瑠璃にはそんな声が聞こえた気がした。

「ん？」

「どうしました、泉殿？」

一瞬、足元を見た泉に九堂が不思議そうな顔で尋ねる。九堂には獅子の付喪神が視えていないので、何が起こったかわかっていない。

「いいえ、大したことでは……。裾が引っ掛かったようです」

泉は、足元にいる小さな獅子に目を向けることなく話題を変えた。

「ではさっそくですが、処分方法と費用を具体的にお話しいたしましょう」

そんな泉の態度に瑠璃は違和感を覚えるも、すでに茶器を並べ終わっているのでいつまでもここにはいられない。

慌てて立ち上がり、「失礼します」と小さな声で言って部屋を出た。

ところが襖を閉めようとしたそのとき、獅子の付喪神が座卓の上にいるのにその目の前に座った泉が無反応であることに気づいた。

（どうして？）

あれほど目の前にいれば、霊力のある人間なら誰だって気になる。目線くらいは向けるはずだ。それなのに、彼は目の前でぴょんぴょん跳ねる獅子を一瞥《いちべつ》もしない。

『あいつ……、視えぬのではないか？』

勾仁の声に、思わず隣を見る。瑠璃もたった今同じことを思ったところだった。

（視えないのに呪術医をしているの？）

まさかと思ったが、泉の所作からはそうとしか考えられない。

何か確かめる方法はないかと思った瞬間、勾仁が己の髪を一本抜くとそれを手のひらの上で蝶《ちょう》に変え、泉の方へと飛ばした。

ひらひらと舞い踊るようにして近づいていった半透明の蝶は、瑠璃紺色の羽織の肩口に触れるとスッと消えて見えなくなる。

瑠璃は襖をしっかりと閉め、その場を離れてから勾仁に問いかけた。

「あれは何ですか？」

『蝶がついている限り、会話や行動はすべてこちらに伝わる』

「それは便利ですが……、人様のことを勝手に調べるなど無礼なのでは」

『詐欺師に対して無礼も何もないだろう？』

まだそうと決まったわけではない、とは思いつつも瑠璃は反論できず黙り込む。

必要以上に強い護符に、付喪神が視えていないような振る舞い。それを思えば、詐欺の疑いを持つのは自然だった。

「あの方に任せて大丈夫なのでしょうか？」

滝沢家から出た呪物が、きちんと祓われずに災厄をまき散らしたら？ という不安が沸き上がる。無意識のうちに、盆を両腕でぎゅっと抱き締めていた。

東吉郎に話そうかとも思ったが、瑠璃が「あの方は詐欺師では？」と訴えたとして、蔵の中の物を売らせないようにしているだけだと解釈されそうだ。

「一体どうすれば……？」

悩む瑠璃に、彼らの会話を盗み聞きしていた勾仁がその内容を教えてくれた。

『どうやら今回は売らぬらしい。東吉郎がすぐに返事はできぬと言いおった』

金額に納得のいかなかった東吉郎は、今回は査定だけで売却は渋ったそうだ。瑠璃はほっとするも、これで解決したわけではない。

（あの手鏡だけはどうにかしないと）

獅子の付喪神は、きっと寂しいのだろう。長い月日を経て生まれた付喪神は、人に大事にされることで満足する。逆に、ぞんざいに扱えば、悪神と化して災厄をまき散らすようになってしまう。このまま放置していい物ではない。

「勾仁、お願いがあります」

あまり頼み事などしない瑠璃だが、これぱかりは勾仁の力を借りなければと思った。

その思いを察した勾仁は、ニッと笑って返事をする。

『承知した』

その夜、鍵のかかった蔵から古い手鏡が一つだけ消えた。

九堂が値を付けていた物だったため、東吉郎は「盗人《ぬすっと》が出た」と言い屋敷の中を捜し回り、ついには瑠璃の離れまで荒らしにきたが、とうとう手鏡は見つからなかった。

【二】 怨嗟の鏡

それは、九堂らがやってきた翌日の昼下がりだった。

滝沢家を囲む築地塀《ついじべい》に沿い、石畳の小路を箒《ほうき》で掃いていた瑠璃の前に予想外の客人が現れた。

「こんにちは。いい天気ですね」

突然話しかけてきたのは、昨日ここを訪れたばかりの土志田泉だった。今日は瑠璃紺色の羽織は纏っておらず、薄茶色の着物姿だ。

「こ、こんにちは……？」

瑠璃は驚き、かろうじて挨拶を返す。

（どうしてここにいるの⁉）

九堂との取り引きは白紙に戻り、彼がここを再び訪れることはないと思っていた。

笑みを浮かべ、じっと瑠璃を見ている泉からはどこか敵意を感じる。

文句の一つでも言ってやろう、そんな空気が感じられた。

思い当たる節《ふし》はある。昨夜、勾仁が放った蝶から反応が消えたと聞いていたからだ。

（落ち着いて、何も知らない風を装えば……！）

そう思ったものの、少し遅かった。突然現れた泉を見た瞬間、瑠璃がかすかに動揺したのに彼は気づいたらしい。その顔に「やはり」と確信の色が浮かぶ。

「本日は何用でしょう？」

急いで取り繕う瑠璃に対し、泉は静かに話し始める。

「昨日からお嬢さんのことが気になっていました。なぜ私に術をかけたのか、と」

「術？　私が？」

「ええ、屋敷に戻ったら結界が反応したので驚きました。何か異質なものがついていると……。さっそく術返しもしましたが、どういうわけか辿《たど》れたのは滝沢家の離れまでです。使用人の方に尋ねたら、あそこにはあなたしか住んでいないと聞きまして」

泉は笑顔を保ちつつも、瑠璃に白状しろと迫る。

瑠璃は言葉が見つからず、じりじりと追い込まれていく獲物のようだと思った。

（どうすれば!?　正直に話して謝る？　でも、詐欺師だと思って怪しんでたと本人に伝えるの？　第一、この方が視えないっていう疑いはそのままなわけで……！）

沈黙の後、瑠璃は小さな声で謝罪する。

「も、申し訳ありません」

泉は表情こそ笑顔のままだが、その雰囲気からは「謝罪より理由を」というのが伝わってきた。

「あの……」

その時、二人の足元から突然に風が巻き起こる。

「くっ……！」

泉は反射的に一歩下がり、腕を顔の前に出して目を眇めた。

瑠璃は目を閉じ、持っていた箒を落としてしまう。

気づけば、すぐ隣に扇を頭上に掲げる勾仁がいた。左腕で瑠璃を隠すように包み、一瞬のうちに屋根の上に移動する。

「なっ⁉　どこへ消えた⁉」

周囲を見回す泉は、いなくなった瑠璃の姿を捜していた。彼には、瑠璃が忽然《こつぜん》と姿を消したように見えたらしい。

屋根の上からそれを見ていた瑠璃は、勾仁の着物を握り締めた状態でぽつりと呟く。

「やはり視えないのですね……」

ほんの一瞬とはいえ、勾仁は泉の目の前に姿を現した。

だが、正面に立っても目が合わなかったと勾仁は話す。

「視えないのに、術が使える？」

勾仁の放った蝶をきっかけに、ここまで辿り着いた。あやかしや式神が視えないのに、術は使えるということだ。

「何者なんでしょう、あの方は」

『向こうも同じことを思っているだろうな』

「それは……、そうですね」

こちらが泉を怪しんでいるように、彼もまた瑠璃を怪しんでいるだろう。勾仁の言う通りだと思った。

「あっ」

泉の様子を窺っていると、母屋からうれしそうに駆けて来る寿々が見えた。薄桃色の着物の袖を揺らし、泉の方へまっすぐに向かっていく。さきほど「使用人に尋ねた」と彼は話していたから、それを寿々が聞きつけたのだろう。

「土志田様！　またお目にかかれるなんて感激です」

「──あぁ、これは滝沢のお嬢さん」

振り返った泉は、まるで何事もなかったかのように涼やかな表情に変わる。

「ようこそいらっしゃいました！　本日も父にご用ですか？」

「いえ、そういうわけでは」

「父はしばらく戻りませんので、寿々がお相手いたします！　さぁ、どうぞ中へ。おもてなしさせてください！」

寿々は強引に泉の腕を取り、屋敷に迎えようとする。泉はその勢いに圧倒されつつも、それらしい言い訳を口にして帰ろうとしていた。

二人のやりとりはしばらく続いたが、結局泉は中へは入らず滝沢家を後にする。

瑠璃は屋根の上にそっと腰を下ろし、これからどうしたらいいのかと考えた。

（彼はきっと、私のことを調べるはず。私が術を使ったのだと勘違いされたままだし）

瑠璃はただ守られているだけで、術を使えるわけではない。式神が憑いていることが知られたところで、視えない泉が騒ぎ立てるとも思えなかった。

ただし、巫女であることが知られるのは困る。

万一知られてしまったら……と不安が胸に広がっていく。

『すまない。術返しでこちらに辿りつかれるとは、考えが至らなかった』

珍しく素直に謝る勾仁に、瑠璃は首を小さく振って笑った。

「仕方ないですよ。まさか、詐欺師かもしれない人が勾仁の術を辿れるなんて思わないですし……。私も止めなかったので、責任は私にあります」

『それを言うなら、視えぬのに呪術医の真似事《まねごと》なんぞをしているあいつが悪い』

「またそんな風に言って」

ふんっと不機嫌そうに顔を顰める勾仁に、瑠璃は呆れてため息をつく。

「やっぱりきちんと謝らないと。勝手に探ろうとして、嫌な気持ちにさせたのはこちらですから」

ようやく気持ちが落ち着いてきて、彼に悪いことをしたと改めて思った。

理由は何であれ、非はこちらにある。

こんな風に逃げてきてしまったのは間違いだったと、瑠璃は反省した。

「あの方はまたいらっしゃるでしょうか？」

こちらから出向くのが筋だが、泉が口にしたあさけの町までここから二里はある。

仕事中にこっそり抜け出して尋ねるには遠い。

「再びお見えになったときに、きちんと謝罪します。彼にはあなたが視えないでしょうが、勾仁も一緒に謝罪してくださいね？」

『…………』

返事はない。

主以外に謝るのは不本意だ、というのが伝わってくる。

「私を、無礼な娘のままにしておくつもりですか？」

『その言い方は卑怯《ひきょう》だぞ、瑠璃』

不満げに目を眇める勾仁に、瑠璃は困り顔で笑う。

それからさきほどまでいた石畳の上に下ろしてもらうと、落ちていた箒を拾い、掃除の続きを行うのだった。

その日の夜、瑠璃が厨房で片づけをしていると、寿々が妙に上機嫌でやってきた。井戸で水を汲み、厨房に運んできたばかりの瑠璃に対し、寿々は少し高い位置にある板の間から見下ろしながら言う。

「私にとてもいい縁談が来たのよ！　さっきお父様から聞いたの」

普段ならこんなところには来ない寿々がわざわざ姿を見せたのは、瑠璃に自慢したいがためだった。

(今は勾仁がいなくてよかった)

ついさっき、瑠璃は勾仁に「近くの神社に預けた『手鏡の付喪神』が元気でいるか様子を見に行ってくれ」と頼んだばかりだ。

今なら、寿々に何を言われても勾仁が危害を加える心配はない。

そこに安堵する瑠璃の心も知らず、寿々はふんと鼻で笑って言った。

「お相手は水無瀬《みなせ》家のご嫡男で、どうしても私と結婚したいって向こうから申し込みがあったんですって！」

「水無瀬家？　それはあの水無瀬家ですか？」

瑠璃は、驚きから思わず尋ね返した。

誰もが知る『水無瀬家』は、古くから天皇家の臣下として忠誠を誓い、現在も中央政府と深く繋がりを持つ由緒正しい華族家だ。

かの家の出身者は、大蔵省、外務省、司法省など中央政府のあらゆる部門で強い発言権を持ち、薩長土肥《さっちょうどひ》四藩出身者と同等に権力を持つことで知られている。

滝沢家も歴史ある家柄だが、水無瀬本家はどの家と比べても別格である。世事に疎い瑠璃でも、水無瀬家については子どもの頃からその存在を認識していた。

(水無瀬家が寿々さんを？　一体なぜ？)

あまりにも家格の差がある縁談話に、瑠璃は違和感を抱く。

しかし、寿々は自分がどこかで見初められたのだと思っていた。

「滝沢家も名家だし、そこに私の美貌が加われば一目置かれるのは当然よね。水無瀬家のご子息なら、この私の夫にふさわしいと思うわ！　ふふっ、ようやくよ。ようやく私は本物の人生を手に入れられる！」

「寿々さん……」

「私が本物なの。わかる？　あんたは図々《ずうずう》しい居候で、私こそが滝沢家の娘よ」

寿々は勝ち誇ったように笑い、瑠璃を蔑みの目で見る。

一方で、瑠璃は「私こそが滝沢家の娘」と宣言するその姿を憐れに思った。

かつて、分家の娘だと侮られていた幼少期から寿々の心は変わっていない。今は寿々が当主の娘なのに、瑠璃を虐げることでしか己の自尊心を保てない。

（かわいそうな人。水無瀬家に嫁ぐことで、寿々さんは満たされるかしら……？）

胸の中で密かにそう思う。

小さな声で「おめでとうございます」と言った瑠璃を見て、寿々はそれを悔しがっていると勘違いしたらしく満足げな顔をして去っていった。

◆◆◆

「あなた、蔵の中の物の査定はどうなったのです？」

夜、晩酌をしていた東吉郎に志乃が尋ねる。盃《さかずき》を片手に上機嫌の東吉郎は、赤い顔で笑って答えた。

「売れる物だけ売り払い、ほかは海に沈めるつもりだ。その方が安上がりだからな」

「まぁ、いいんですの？　そんなことして」

「九堂殿やあの呪術医が大げさなだけだ。護符もあるし、問題ない」

結局、九堂が値を付けたのは数点のみ。蔵の中に残っていた物もすべて査定したが、東吉郎が期待した半分以下の値しかつかなかった。

しかも、呪物を祓うとなれば利益など出ず、「これでは何のために売るのかわからない」と東吉郎は嘆く。

(あの青銅の鏡も、海に沈めてしまえば大丈夫だろう)

蔵の一番奥に眠っていた、古い六角形の鏡を思い出す。霊力の少ない東吉郎にも伝わってくるほど、禍々しい靄を放っていた。

泉は『これだけは必ず正しき手順で処分するように』と念を押して帰っていった。

だが、東吉郎は処分費用を払うのが惜しくなったのだった。

「海に捨てるのも、蔵に置いておくのも変わらぬ。わざわざ祓わずとも万事解決だ」

楽観的な考えの東吉郎。

志乃は本当に大丈夫なのかと心配しつつも、金を使わずに済むのならそれがいいと思い、深く考えないことにした。

「蔵には絶対に近づくな。触れてはいけない鏡があるからな」

「当然です。気味の悪い物があると知っていて近づきはしません。あぁ、その九堂様に蔵の物を売ったお金ですが、寿々の輿入《こしい》れの支度金にしてもよろしいですね？　水無瀬家に嫁ぐのですから、立派な嫁入り道具を一式誂《あつら》えてやらなければ」

水無瀬家からの縁談は、東吉郎にとっても降って湧いたような幸運だった。「なぜうちに？」と書状を何度も確認し、そして気づいた。

『滝沢本家ご息女との縁組を希望する』

水無瀬家が欲しがっているのは、滝沢家直系の娘。つまり瑠璃である。

何も知らず喜んでいる志乃に、東吉郎は言いにくそうに打ち明けた。

「向こうが望んでいるのは、おそらく瑠璃だ」

志乃は険しい顔つきになる。

「手紙には『滝沢本家ご息女』と書かれていた。おそらく、瑠璃に巫女の能力があると誤解しているんだと思う。そうでなければ、突然の申し出の理由がない」

「でも、瑠璃には何の能力もございませんよ」

「そうだ。だが、宮中祭祀《さいし》を任される神祇省《じんぎしょう》にも伝手がある水無瀬家ならば、巫女の力を手に入れ、国を思うがままにしようと考えても不思議ではない。巫女を探す者たちは、水無瀬家のほかにも存在するくらいだ。あの家が何らかのきっかけで瑠璃の存在を思い出し、婚姻を持ちかけてきたのだと思うのが自然だ」

愛娘《まなむすめ》に縁談が来た、と喜んでいた志乃の落胆は大きい。

でも、東吉郎は大丈夫だと自信たっぷりに言う。

「わしが当主である今、寿々も立派な『本家のご息女』だ。嘘など一つもない。どうせ瑠璃には何の力もないんだ。嫁いだところで、水無瀬家も期待外れに終わる。それなら、現当主の娘である寿々をもらう方がいいはずだ」

東吉郎は、都合のいい理由をつけて寿々を嫁がせようとしていた。

ただし、志乃からすれば「本当は瑠璃に来た縁談」という事実が許せなかった。

「寿々がかわいそうではありませんか！　瑠璃がいる限りずっと比べられて、縁談まで瑠璃のおさがりでは憐れでなりません！」

騒ぎ立てる志乃を見て、東吉郎はむっとした顔になる。

「水無瀬家に嫁げるのだから、それくらい我慢しろ……！　陰陽寮が廃止され、これまでのようにはいかん。水無瀬家との縁組が叶えば、滝沢家の復権はもちろん各省への便宜も図ってもらえるかもしれない。そうなれば莫大な富と名声が手に入る」

瑠璃の父親が生きていれば……、と一族の者から冷ややかな言葉を浴びせられたのは、一度や二度ではない。彼らを黙らせたい気持ちと、権力者に取り入って甘い汁を吸いたいという願望だけは人一倍あった。

だからこそ、何としても寿々を水無瀬家に嫁がせたかった。

「これはすべて寿々のためなんだ」

志乃は、やり場のない怒りを瑠璃に向ける。

「何もかも瑠璃のせいだわ。あんな子、引き取らなければよかった……！」

「おい、寿々には黙っているんだぞ」

「わかってますよ！　言えるわけがありません！」

ヒステリックに叫ぶ志乃に、東吉郎はため息をつく。盃に残っていた酒を飲み干すと、乱暴にそれを座卓に置き立ち上がった。

「先に寝る」

志乃を部屋に残し、東吉郎は寝室へと向かう。襖の引き手に指をかけたそのとき、それが少しだけ開いていたことにも気づかず出ていった。

静かになった部屋で、志乃がため息を漏らしたと同時に背後で人の気配がする。

東吉郎が戻ってきたのかと思い振り返れば、視線の先には悲しげな目をした寿々が立っていた。

「寿々？　まさか聞いていたの？」

そっと扉を閉めた寿々は、志乃に抱き着いて嘆く。

「ひどい！　どうして最初に言ってくれなかったの!?　お父様は私のことが大事じゃないの!?」

騙されたと言って泣き喚《わめ》く寿々に、志乃は労《いたわ》りの目を向け、その背を撫でる。

だが、寿々は泣き止《や》むどころかさらに涙を溢れさせた。

「瑠璃はただこの家に生まれただけで、水無瀬家からの縁談も手に入るなんてずるい！　親が死んでも引き取られて生きていけるだけで幸せなはずなのに、どうして瑠璃にいい縁談が来るの⁉　私は瑠璃のせいでちっとも幸せじゃない！」

何度も何度も「瑠璃のせいだ」と繰り返し、「許せない」と怒りに燃える寿々。次第にその目は憎しみに染まっていった。

「ねぇ、寿々。水無瀬家ほどの名家はないわ。腹は立つけれど、瑠璃が寿々のために役立ったんだと思って縁談をお受けしましょう？　お父様にはよく言っておきますから。立派な嫁入り道具を揃《そろ》えて、最高の婚礼にしましょう。ね？」

どうにか機嫌を取ろうとする志乃の提案にも、寿々は答えない。あれほどうれしかった気持ちが一気にしぼんでしまい、瑠璃への憎しみだけが膨れ上がっていく。

（初めて会ったときから嫌いだった。いい子ぶって、優しいふりして）

まだ瑠璃の両親が健在だった頃、ときおり本家で開かれる催しに寿々は連れてこられていた。美しい着物を着て皆に囲まれる瑠璃は、寿々にとって妬ましい存在だった。

ずるい。私も本家の娘になりたい。

何をしても注目されるのは瑠璃で、自分はその他大勢だ。東吉郎が、瑠璃の父親に取り入ろうとしているのを見るのも嫌だった。

瑠璃の両親が早逝したことで「やっと私に順番が回ってきた」と思ったのに、周囲の態度はよそよそしい。かつての瑠璃に成り代わることはできず、縁談までもが自分ではなく瑠璃に寄こされたというから我慢できなかった。

「絶対に許せない」

スッと立ち上がった寿々は、志乃に目もくれず部屋を出ていく。

後ろから「寿々!?」と呼ぶ声がしたが、振り返ることはなかった。部屋へ戻る最中も、ずっと瑠璃への憎しみが消えない。それどころか怒りは増していく。

(瑠璃さえいなければ……)

ぎりっと奥歯を噛《か》み締めた寿々は、どうにかして瑠璃を不幸にしてやりたいと企《たくら》む。

募る憎悪は、寿々の心を真っ黒に覆っていった。

◆◆◆

『そろそろ休めば? 瑠璃は人間なんだから、休まなきゃ倒れるわよ』

もう何往復目かわからない水汲みをする瑠璃に、ふらりとやってきた毛倡妓がそう言った。

でも、まだ風呂に使う水が足りないのだ。自分が休めば、タケが代わりにこの重労働を担うことになってしまう。

『寄こせ』

瑠璃が持っていた桶《おけ》を勾仁が奪い、代わりに運んでくれようとする。

周りから見れば桶が浮いているようにしか見えない。普段なら人目に付くからと言って自分で運ぶ瑠璃だったが、今日はさすがに疲れていて勾仁に任せることにした。

『あの女が妙に苛立《いらだ》っているな。一体何があったのだ？』

「水無瀬家から縁談がきたって喜んでいたのは、つい昨日のことなのに……。寿々さんの機嫌はよくわかりません」

あれほど喜んでいたのに、翌朝には鬼のような形相で睨んできた。朝食の味噌汁《みそしる》の椀《わん》をわざと手で払いのけ、せっかくの料理を台無しにして「すべて作り直して」とも言った。

また、瑠璃が床を拭いていると、母の形見の簪《かんざし》を奪われ無残に折り曲げられてしまった。投げ捨てられた簪を慌てて拾った瑠璃は、さすがに悲しくて言葉を失った。

『全部あんたが悪いのよ……！　私に逆らおうなんて考えないことね』

あそこまで怒りを向けられたのは、初めてだった。以前から些細《ささい》ないじわるや嫌みは日常茶飯事だったが、ここまで露骨に悪意を向けられるなんて、と瑠璃は戸惑う。

今だって風呂に入れる水が足りないと理不尽に命令され、こうして井戸と風呂場を往復させられている。

『あんなのを嫁にほしい男がいるわけないわよ。何かの間違いだったんじゃない？　そうでなければ、趣味が悪いにもほどがあるわ』

寿々を嫌っている毛倡妓は、馬鹿にした口ぶりでそう言った。

「寿々さん、何かあったんでしょうか？」

いつもと同じただの気まぐれだと思いたかったが、寿々が自分を見る目が異様に敵意を含んでいるように感じる。思い出しただけでぞくりとするほどで、今は寿々の気持ちが少しでも収まるよう、命じられたことを早く終わらせるしかない。

瑠璃は、足早に母屋へと戻る。

「勾仁、もうここでいいです」

運んでもらった桶を受け取り、草履《ぞうり》を脱いだ瑠璃は廊下を進む。風呂はこの先で、今頃タケがせっせと火を焚《た》いていることだろう。

「急がなきゃ」

ところが廊下を半分ほど進んだとき、異変は起こった。

「――っ！」

『瑠璃!?』

急に胸が苦しくなり、息が詰まる。何かに足を取られたような感覚があり、体に力が入らなくなった。

(これは何……!?)

桶がするりと滑り落ち、バシャンと水が飛び散る音がする。

息苦しさから前屈《まえかが》みになったとき、目の前を真っ黒な靄がよぎった。

『呪いか……!!』

勾仁の声がする。

そちらに視線を動かすこともできず、瑠璃はその場に膝をつく。そのまま倒れこみそうになったところを勾仁の腕に支えられ、うっすらと目を開ければ焦りを滲ませた顔が見えた。

『瑠璃！　しっかりしろ！』

彼は周囲を見回し、何かを捜している。

すでに黒い靄は消え、自分が何か悪しきものに蝕《むしば》まれたのだと直感でわかった。

『何!?　一体どうしたっていうの!?』

毛倡妓が慌てた声を上げる。

「離れ、て」

自分に近づけば、勾仁や毛倡妓がどうにかなってしまうかもしれない。咄嗟《とっさ》のことに頭がうまく働かず、瑠璃は震える声でそう言った。

その言葉に顔を顰めた勾仁は、はっと何かに気づいて顔を上げる。

『まさか……!?』

ここから見える蔵の扉は、しっかりと閉じられていた。ところが錠は外されていて、誰かが入ったのだとわかる。

『瑠璃が呪われたってこと!?』

犯人はどこのどいつだ、と憤る毛倡妓。

勾仁は瑠璃を救う手立てを考える。

『呪物を捜すのは後だ。霊力で浄化しなければ……!』

『浄化!?　ここに浄化の術が使える人間なんていないじゃない!』

『だがこのままでは命が危うい』

横たわっている瑠璃には、二人の会話が断片的に聞こえていた。

(体が重い……。息が苦しい)

浅い呼吸を繰り返し、自分の体が自分の意思で動かせないほど重たく感じる。目は見えているけれど、頭がぼんやりとして考えがまとまらない。

勾仁に向かって手を伸ばそうとしたところ、袖を掴むこともできなかった。

「きゃあああ!」

女性の悲鳴が廊下に響く。

偶然通りかかり、倒れている瑠璃を見つけた小春だった。

「ひっ!　気持ち悪い……!」

瑠璃の手や腕には、墨で入れたような黒い筋が浮き上がってきていた。小春は近づこうとせず、柱にしがみつきながら瑠璃を遠くから見ている。

「どうした？」

「何があったの？」

数人の足音がして、使用人や東吉郎らが集まってきた。

勾仁は怒り、東吉郎を捕まえる。

「ひぃぃぃ！」

青白い光に覆われる東吉郎を見て、使用人や志乃は恐れおののき後ずさった。

何か得体の知れないものに襲われている、ということはわかるが助けようとする者はいない。

『おい、呪物をどうした？』

「ひっ、あああ……」

直接触れているため、勾仁の声は聞こえているはずだった。けれど、東吉郎は驚きと恐怖で会話がままならない。

『いっそ全員斬ってしまうか……』

それで呪いが解けるとは限らないが、「何もしないよりは」と勾仁は思った。

だがそこに寿々が現れ、状況が一変する。

「お父様……？」

遅れてやってきた寿々は、状況が呑み込めず立ち尽くしている。

娘の姿を見た東吉郎は、ようやく言葉らしい言葉を話す。

「寿々？　なぜおまえが……」

勾仁に触れている東吉郎には、寿々の周りに黒い靄が漂っているのがはっきりと見えた。そしてそれが、苦しげな瑠璃の中で蠢《うごめ》いている靄と同じであることも理解した。

瑠璃は、目が合った寿々に微笑まれたことでこの状況を察する。

（寿々さんが、私を……）

霊力がなくても呪物は使える。悪しき心で願うだけで相手を呪える道具がある、と聞いたことがあった。

寿々は目を細め、倒れている瑠璃を見下ろす。

「まぁ、何かあったの？　苦しそうね」

言葉とは裏腹に楽しげな声音だった。それは、東吉郎に確信を与えるに十分だった。

「くっ……！　瑠璃を、瑠璃を医者に診せる！　だから離してくれ！」

じたばたと腕を動かし、必死で勾仁に頼む東吉郎。「自分を捕らえている何か」に対し、必死に頼み込む。

周囲の使用人は、主人が謎の青白い光に包まれ、苦しんでいる異様な光景に呆気《あっけ》に取られていた。

『瑠璃にもしものことがあれば、おまえを殺す』

勾仁はそう言うと、東吉郎を投げ落とすようにして解放する。

瑠璃には、もう抵抗する気力も体力も残っておらず、勾仁に抱きかかえられて馬車に運ばれるときもぐったりとして目を閉じていた。

『瑠璃……！　瑠璃……！　しっかりしろ』

勾仁の声に、薄れゆく意識がかろうじて引き戻される。体は重く、冷え切っているのに汗が止まらない。眠ればきっと、目覚められない。そんな予感から、唇を嚙み締めて眠るものかと抵抗する。

馬車はすぐに出発し、東吉郎が御者に指示した場所へと向かった。

「着いたぞ」

勾仁を恐れ御者席にいた東吉郎が、ガチャリと扉を開ける。

どれくらい時間が経ったのかわからないが、辺りは真っ暗闇だった。

勾仁に馬車から下ろされれば、寂れた武家屋敷のような門が見える。医者の住まいにしては随分と質素な、また診療所にしては人の気配がなさすぎた。

もう手を動かす気力もない瑠璃は、「泉縁堂」と書かれた看板を見てもここがどこか理解できない。

『本当に浄化できるんだな？』

勾仁が東吉郎の肩を掴み、脅しを含んだ声でそう尋ねた。

東吉郎はびくりと全身を揺らし、不安げに返事をする。

「……お、おそらく。そうでなくてはわしも困るんだ……！」

祈るような、縋《すが》るような声でそう言った東吉郎は、明かりを手に門をくぐって進んでいった。

◆◆◆

「何だ……!?」

筆を手に書き物をしていた泉は、あまりに禍々しい気配が近づいてくることに気づき、驚いて顔を上げた。

風もないのにろうそくの火が小刻みに揺れ、ただ事ではないと察知する。

神棚に置いてあった脇差《わきざし》を手に、近づいてくる何かに備えた。

（一体何だと言うんだ？　おかしなことが重なる）

滝沢家を訪れた際、あの家に異様な気配があることには気づいていた。だが当主は大した霊力を持たず、おまけに金のことしか頭にないので、その存在に気づいていないだろうなと思った。

また、蔵にある呪物は明らかに彼の手に余る物で、気にはなったもののあいにく無償で引き取るような善意は持ち合わせていない。

頼まれれば働くだけだ、と割り切ってここへ戻ってきたら今度は怪しい術がかけられていたことに気づいた。

滝沢東吉郎にこんな術が使えるわけがない。あの家には、かなりの腕前の術者がいるのかと疑問が生まれる。

九堂にそれとなく尋ねたが、はっきりとしたことはわからなかった。

(反応があったのは離れの方か……)

かつて、百年に一人の逸材として称賛された元陰陽師である泉にとって、自分に術をかけた者を辿るのは簡単なはずだった。泉縁堂を包む結界に弾《はじ》かれた蝶が持っていた「気」を、霊力で辿っていけばいい。

しかし、それは滝沢家の離れで突然反応が消えた。

翌日、滝沢家を訪ねてみれば、「離れには先代当主の一人娘の瑠璃さんが住んでいる」と使用人から話が聞けた。

本人に直接会ってみよう。そう思い、裏へ回れば掃除をしている姿があった。そこでようやく「あぁ、茶を運んできた娘だ」と思い出した。

古びた小袖はとても良家の娘が着る物ではなく、よく見れば栄養の行き届いていない肌や髪、割れた爪先に生活苦が現れている。

滝沢瑠璃がどうしてこんな扱いを受けているのか、など考えるまでもなく、家を乗っ取られたのだろうと想像がついた。とはいえ、彼女の不遇と自分は無関係である。

（悪意があるようには見えないが……。何にせよ迷惑だ）

一体、彼女はどういうつもりだったのか？

答えを求めて問い詰めれば、彼女は忽然と姿を消してしまった。

（何だ、あの娘は!? 半妖か？ それとも式神使いか？）

泉は瑠璃の正体がわからず、これからどうしたものかと思い悩んでいた。

（なぜ俺を探る？ 理由が見当たらない）

もう一度、瑠璃のことをしっかりと調べてから対応を決めよう。そう思った矢先に、禍々しい何かがこちらに近づいてくるのだから堪《たま》らない。

「いい加減にしてくれ。今は忙しいんだ」

盆を過ぎた今の時期は、悪霊や災いを遠ざけたいという物忌みの相談や呪物関連の依頼が増える。

泉縁堂にいるのは泉一人で、呪術医の仕事のほかにも町医者として往診もある泉は、睡眠不足と過労で苛々していた。

（面倒事がやってくる予感がする）

このままここを通り過ぎてくれ、そんな淡い希望を抱くもそれはあっさりと打ち砕かれた。禍々しい何か、は泉縁堂の敷地に入ってまっすぐにこちらへ近づいてくる。

――リィン……リィン……。

警戒を知らせる鈴の音が、泉の頭の中に響く。

(客か)

敵意も殺気もなく、どうやら客らしい。泉は、早足で玄関へ向かう。

引き違い戸のところにある吊るしの灯《あか》りをつけた瞬間、扉の向こう側から声がした。

「夜分に失礼、滝沢です! 土志田泉殿はおられるか!?」

その声は焦りを滲ませていて、どんどんと乱暴に扉を叩く様からよほど急いでいるのだと伝わってくる。

(何かやらかしたな)

めんどくさい。今は取り込み中だと追い返してやりたい。だが、この禍々しい気配はさすがに度を越えていた。

「今開ける」

ため息交じりに返事をしたところ、泉が草履を履くより先に扉が吹き飛んだ。

――ドンッ!!

「はぁ!?」

　予想外の出来事に、泉はぎょっと目を瞠る。いくら急いでいるからと言って、扉を壊して入ってきた客人など今まで一人もいなかった。

　転がった扉を見て驚いたのは東吉郎も同じで、半分泣きそうな顔をしている。

「と、土志田殿」

　泉は思わず呆気に取られる。

　東吉郎の隣に、苦しげな瑠璃が青白い光に包まれて浮いていたのだ。

「これは……」

　何かが、いや、誰かがいる。

　直感でそう思うも、泉にはそれが視えないため正体がわからない。

　さらには、さっきからずっと感じていた禍々しい気配は瑠璃から漂っていて、それが呪いであることはすぐにわかった。

「助けてください、後生です……！　娘が、娘が……」

「娘？」

　泉は眉根を寄せる。

「呪いを解かねば、娘が死んでしまいます。寿々を助けてください！」

「寿々？　だがその娘は……」

　今、目の前で苦しんでいるのは瑠璃である。死んでしまいそうなのは、どう見てもこの瑠璃だろう。それなのに東吉郎は、「寿々を助けてくれ」と泉に願った。

(何も知らずに呪物を使ったのか)

詳しい事情を聞かずとも、東吉郎の娘である寿々が瑠璃を呪ったのだと気づく。そしてこのまま瑠璃が死ねば、術の反動が寿々に還ることを東吉郎は恐れている――。

(何と身勝手な……!)

使用人として働かせていたのはわかっていたが、この状況でも瑠璃をまったく気にかけていない東吉郎に対し嫌悪感が沸き上がる。

同時に、辛《つら》そうな顔をする瑠璃を見て、柄にもなく憐れに思えた。

青い顔をした東吉郎に名を呼ばれ、今は元凶を知るのが先だと切り替えた。

「土志田殿!」

「呪いはどのように? 陰陽師でなければ道具に頼るしかないだろう?」

「蔵にあった鏡です……!」

その言葉に、泉は滝沢家の蔵で見た六角形の鏡を思い出す。

(あれは、悪しき心に誘いかけ人を唆《そそのか》す鏡。むしろ、霊力がないから心の隙を突かれて誘われたか)

「助けてください! 金は、金は払います。だからどうか……!」

東吉郎は、泉の裾を摑んで縋りつく。泉は小さく舌打ちし、こんな男に構っている暇はないとばかりにその手を振りほどいた。

「中へ入れ！　奥に寝台があるからそこへ寝かせろ！」

瑠璃を守るような青白い光。「言葉が通じるか？」と一瞬だけ不安を抱くが、その光は瑠璃ごと奥へと進んでいった。

「まったく、面倒なことを仕出かしてくれたものだ……って、いちいち扉を壊すな！」

パァン！　と木が割れる音がして、気づけば奥の間の障子が吹き飛んでいる。玄関に続きここもか、と泉は顔を引き攣らせた。

「修理代も請求するからな！」

泉が部屋に入るとすでに瑠璃は寝台の上で仰向《あおむ》けに寝かされていて、虚《うつ》ろな目で天井を見ていた。

「私がわかるか？　名は言えるか？」

「…………」

呼吸は弱く、瑠璃の状態は思った以上によくない。

瑠璃が何かしらの術を使えると思っていた泉は、「彼女が半妖なら普通の浄化は使えない」と危惧していた。

迷っていると、左の肩口に何かが触れる感覚があり、男の低い声がする。

『瑠璃は普通の人間だ。早く浄化を』

視えはしないが、聞こえてきた声音は確かに彼女を案じていた。

（何者だ……？　いや、今は浄化が先だ）

泉は壁際にある簞笥《たんす》に近づき、引き出しにあった和紙の形代と霊符を取り出した。

「この者を蝕んでいる呪いをこちらに移し、封じ込めれば命は助かる」

「ううっ……」

そのとき、瑠璃が呻《うめ》き声《ごえ》を漏らす。

泉が振り返ったところ、寄り添うようにして離れない青白い光に向かい、瑠璃が少しだけ微笑んだように見えた。

「気づいたか？」

声をかける泉に、瑠璃は驚いた目を向ける。その瞳には、怯えもあった。泉はそれに気づかないふりをして、淡々と告げる。

「これから穢れを祓う。おまえはただじっとしていればいい」

「あなたが？」

「あぁ、そうだ」

「……視えないのに、術を？」

泉は驚き、思わず手が止まる。

(なぜそれを? いつから気づいていた?)

どくんと心臓が跳ねる。

しばらく無言で見つめ合った後、瑠璃はゆっくりと瞼を閉じ、意識を失った。

「おい!」

呼びかけても反応はない。その寝顔は青白く、ここへ運ばれてきたときよりもさらに弱っていた。

「なぜ」

瑠璃が自分の秘密を知っている。今すぐ問い詰めたかったが、今はそれもできない。

泉は、右の人差し指と中指の間に霊符を挟み、額に近づけて念を込める。

「土志田泉の名において命ずる。直ちに滝沢瑠璃から離れ、あるべきところへ還れ。邪気退散!」

霊符が強い青色の光を放ち、それから逃げるように真っ黒い靄が瑠璃の体から離れていった。形代に移った靄は、白い和紙を黒く染めていく。

霊力も体力も一気に持っていかれる感覚に、思わず歯を食いしばって耐えた。

霊符の光が収まる頃には禍々しい気配はすっかりと消え去り、瑠璃は苦しげな表情から穏やかな寝顔に変わる。

泉は、額やこめかみの汗を手の甲で拭って息をついた。

（さすがに疲れた）

その場に座り込んで片膝を突けば、再び低い声が語りかけてくる。

『瑠璃は助かったのか？』

泉は周囲を見回すも、さきほどまであった青白い光はすでにない。隣に何かがいる気配だけが残っていた。

「あぁ、この娘は無事だ。早ければ数刻で目が覚める」

『わかった』

声の主はおそらく式神で、感情の昂《たかぶ》りによって神力が溢れ、普通の人間にも光として視えるようになっていただけなのだろう、と泉は予想する。

（まさか式神を喚べる娘がいるとは……。親が子に術を仕込んだのか？）

どう見ても普通の娘で、とても術を使えるようには見えない。式神に問いかけたとしても主人の許可なく事情を話すとは思えず、そちらは諦めることにした。

不本意にも開放的になってしまった部屋には、廊下から涼しい風が流れ込んでくる。

（涼しい……）

目を閉じれば眠気に襲われる。

しかしここで、大事なことを思い出した。

「そうだ、扉だ」

この風はどこから入ってきているのか。その答えに気づいたとき、泉は大きなため息をついてがっくりと項垂《うなだ》れた。

この部屋の障子はともかく、玄関扉が吹き飛んでいるのはさすがにまずい。

「何と面倒な」

消耗しきった体は重く、本音を言えばこのまま眠ってしまいたい。

いっそ、時戻しの術で壊れた扉を修復したかったが、禁術を使えば寿命が縮むし、未だかつて扉を直すために時を戻した者はいないだろうなと呆れて笑いが漏れた。

「仕方ない」

泉はのろのろと立ち上がり、眠る瑠璃の傍らを通り過ぎて玄関へと向かった。

【三】仕合わせの先

ここはどこだろう。

やや赤みがかった格子状の天井板を見て、瑠璃は思った。

離れでも母屋でもなく、知らない屋敷にいることに気づき、慌てて上半身を起こす。

『気づいたか、瑠璃』

「勾仁、ここは？」

記憶があいまいで、呪いを受けて運ばれてきたのだとすぐには思い出せなかった。

『ここは土志田泉の診療所だ』

勾仁の説明で、少しずつ記憶が戻り始める。

滝沢邸の母屋で水を運んでいて、黒い靄に触まれた。つらくて苦しい怨念に纏わりつかれ、耳元で「おまえなんて消えてしまえ」という寿々の声が何度も聞こえてきた。

ここに運ばれてきたときのことを、おぼろげに見えた泉の顔と共に思い出す。

「本物の呪術医だったのですね」

視えないのに術が使える。不思議に思う気持ちは今も変わらないが、彼は事実として瑠璃を助けてくれた。

あれほど強い呪いに蝕まれていたのに、自分の手や腕にあった薄気味悪い模様もすっかり消えてなくなっている。

「私はどれくらい眠っていたのですか？」

『一時間と少しだ。……あの男の術は完璧だった。視えぬが大した男だ』

「まぁ、勾仁が人を褒《ほ》めるなんて珍しい。よほど素晴らしい術だったのですね」

瑠璃は目を丸くする。

今ここには自分と勾仁しかいないことに気づき、辺りを見回した。

「あの、先生はどちらに？」

『玄関の戸を直しに行った』

「玄関？　壊れているのですか？」

『…………』

瑠璃の問いに、勾仁はスッと目を逸らす。

勾仁が壊したというのは伝わってきて、ふと部屋を見れば一部が欠けた障子が転がっていた。

「これもですか？」

『……急いでいたのだ』

「大変、先生に謝らなくては。いえ、まず助けてもらったお礼を……」

とにかく、泉がいる玄関へ行かなければ。そう考えたとき、玄関から東吉郎の声が聞こえてきた。

——が、……なんだ！　助け……！

何かを必死で頼んでいる。

「東吉郎様？」

『また戻ってきたのか』

勾仁によれば、東吉郎は瑠璃を置いて泉縁堂を後にしたらしい。寿々の様子が気がかりだったのだろう。そうして今また戻ってきて、大声で叫んで頼みごとをしている様子から状況は予想できた。

瑠璃は寝台を下り、声のする方へと急ぐ。足に力が入らず、いつもよりゆっくりとしか歩けなかったが、玄関までそう時間はかからなかった。

そこで目にしたのは、跪《ひざまず》いて助けを乞う東吉郎と志乃、そして板の間に横たわる寿々の姿だった。寿々はすでに意識がなく、肌は浅黒くなりかさついている。

変わり果てた姿を見て、瑠璃は言葉を失った。

泉は腕組みをしながら無言で三人を見下ろし、苦い顔をしている。

「お願いします！　この子はまだ十六なんです、私にとってはかわいい娘で……！」

「どうか寿々を助けて……！」

　東吉郎と志乃は地べたに這いつくばり、土下座しながら寿々の命乞いをしていた。

それは普段の傲慢さからは想像できない行動だった。

「呪いの代償が寿々さんに？　私は助かったのにどうして……」

　瑠璃がそう呟くと、勾仁が一切の同情を含まない冷たい声で答えた。

『霊力のない人間が道具を使えば、結果にかかわらず代償は必要だ。鏡に唆されたならなおさら、寿々の悪しき心は生命力と共に鏡に吸い込まれる。普通は助からん』

「そんな……!?」

　驚きの声を上げる瑠璃。その声に、東吉郎らは初めて瑠璃がいることに気づいた。

目が合うなり、二人は瑠璃を睨みつける。

「おまえっ……！　苦しんでいる寿々を見下ろすとは何様だ！　おまえが助かっても寿々に何かあっては意味がない！」

「あぁ、その命を寿々に差し出しなさい！　おまえだけ生き残るなんて許せないわ！」

　大きな憎しみの感情を向けられ、瑠璃は思わず身構える。

　ところが、瑠璃が何か言う前に、泉が二人に対して冷たい声で言った。

「何もかもおまえの娘のせいだろうが。『呪いを解かねば寿々が死ぬ』と、自分がそう言ったのを忘れたのか？」

初めて会ったときの柔和な態度と正反対に、泉は怒りや蔑みを露《あらわ》にする。その言葉に、東吉郎も志乃も絶句していた。

「あいにく、人を呪うような大罪人を助ける情けは持ち合わせておらん」

「そんな……！　先生のお力がなければ寿々は死んでしまいます！」

悲痛な声を上げる東吉郎だったが、泉は同情の余地なしと切り捨てようとした。

それを見た勾仁は、どことなく満足げだ。

『古より、人を呪うと斬首か流刑と決まっている。報いを受けるがいい』

ただし、瑠璃はこのまま寿々を見殺しにすることはできなかった。

(まだ手の施しようがあるのなら、助けてあげてほしい)

寿々に情があるわけではないし、なぜ呪いをかけられたのかわからず、腹が立つ気持ちもある。だからと言って、このまま死んでしまえばいいとは思えなかった。

(私は父様と母様を助けられなかった。……もう、人が死ぬのは嫌)

人の道理とか情けとか、そんな立派な理由があるわけではない。ただ、ここで寿々が息絶えるのは自分自身が喜べない。

気づいたら泉のそばに歩み寄り、彼の袖を摑んでいた。

無言で袖を摑まれ、泉は驚いて瑠璃を見る。

瑠璃は縋るように見上げ、訴えかけた。

「寿々さんを助けてください。お願いします」

「正気か？　自分を殺そうとした女だぞ」

泉は、信じられないという目をしていた。

東吉郎と志乃も、驚いて瑠璃を見つめている。

「呪いを放った相手をおまえが助けてやる義理はない。第一、今さら何かしても助かるかはわからない」

「そんな……」

瑠璃の指先から、するりと袖が落ちる。

泉は「まるで俺が悪者みたいではないか」と気まずそうに呟く。

扇を手にじっと泉を観察していた勾仁は、『あぁ』とわかったように声を上げた。

『瑠璃、その男の霊力が足りぬのだ。だから寿々を助けるのは無理だ。諦めよ』

「霊力？」

瑠璃は泉を見つめる。言われてみれば、随分と疲れているように感じられた。

(私のために霊力をたくさん使ったんだ)

泉が言った「助かるかはわからない」の理由は、彼にその力が残っていないからだった。

「先生、私の霊力を使えませんか？」

「は？」

いきなりの申し出に、泉は困惑する。でもすぐに「式神か」と状況を理解し、その顔を顰めた。

瑠璃は泉の反応から、彼が他者の霊力を借りることができることを確信する。

「私は何の術も使えませんが、霊力はあります。それを使っていただけませんか？」

「それは……」

間違いではないが、気は進まない。泉はそんな反応を見せる。

『私は反対だ。瑠璃が情けをかける必要などない！』

勾仁は怒りに満ちた目で寿々を睨む。

東吉郎と志乃は、視えないながらも殺気を感じ「ひっ」と悲鳴を上げた。

「誰にも死んでほしくないのです。お願いします、どうかこの通りです……！」

必死に頼む瑠璃。勾仁は到底納得できないといった様子だったが、瑠璃の想《おも》いもわかるのか、扇を握り締めたまま黙り込む。

「仕方ない」

泉は、生気のない寿々と瑠璃の顔を順に見て、ため息交じりにそう言った。

「確実に助かるとは言えん。覚悟はしておけ」

「ありがとうございます！」

泉は、寿々を荷物のように脇に抱えて奥の部屋へと連れていく。

「どうか、どうか寿々を……！」

東吉郎の縋るような声が聞こえてくる。そして、志乃のすすり泣く声も。

瑠璃は二人を一瞥した後、すぐに泉の後を追いかけた。


たとえば「この身に宿る霊力を使って自分にも何かできたなら？」と、そんな風に想像したことはあった。でもそれは、何も知らない子どもが夢見るようなもので、現実には起こりえないと瑠璃は思っていた。

（まさかこんな日が来るなんて……）

泉は瑠璃の霊力を己に移し、寿々の命を救ってみせた。

瑠璃はただ彼と手を繋いで立っていただけだったが、彼の指先から放たれた眩《まばゆ》い光はとても美しく「何と素晴らしい術なのだろう」と感動した。

もっとも、記憶があるのは途中までで、呪いの穢れに襲われ心身ともに消耗した状態で泉に霊力を渡した瑠璃は、寿々が回復するのを見届ける前に気を失ってしまった。

目覚めたときには客間の布団の上で、東吉郎たちは滝沢家に戻った後だった。

傍らに置いてあった着物や帯は上等すぎて袖を通すのは気が引けたが、それでも着替えがなかったのでありがたく拝借した。

「とにかく食え」

「………いただきます」

朝を迎えた泉縁堂はとても静かで、縁側には眩《まぶ》しい朝陽が入り込んでいる。

瑠璃は、炊きすぎて硬くなっていそうな白飯と、煮崩れした野菜でどろっとした味噌汁、焦げてほぼ炭と化した魚、しなびた葉ものの塩漬けが載った箱膳を前に戸惑っていた。

明らかに寝不足の様子の泉は、無表情で食べている……、というより咀嚼《そしゃく》もそこそこに飲み込んでいるように見える。

お世辞にもおいしそうとは言えないこれらは、泉が用意したものだろう。瑠璃は、こんなに広い家なのに使用人はいないのかと疑問に思う。

「どうした？　体がつらくて食えないか？」

「え？」

一向に箸をつけない瑠璃に気づき、泉は淡々と説明した。

「栄養失調、慢性的な疲労、そこへ呪いを受けたんだ。しばらくはおとなしく療養することだ」

「療養？」

「もしかして、すぐに動けるとでも思っているのか？　まずはしっかり食べて、体力を回復させなければ倒れるぞ」

「は、はい。いただきます」

瑠璃は慌てて椀を持ち上げ、味噌汁に口をつける。

その直後、口の中に広がる謎の苦みと濃厚な味噌の味にせき込んだ。

「ごほっ、はっ……！」

自分の知っている味噌汁の味ではない。椀を落としそうになるも、かろうじてそれは免れた。

『こいつ、味噌汁で瑠璃を殺す気か？』

勾玉から現れた勾仁は、扇で口元を隠し、険しい目で泉を睨む。その態度に、瑠璃は「そんな顔しないでください」と小さな声で言った。

泉は式神が再び現れたことに気づき、視えないながらも瑠璃の視線の先を見る。

「まさか高位の式神がいるとはな」

その言葉にはっとした瑠璃は、姿勢を正して彼に向き直った。箱膳を少し横に避け、畳に三つ指をついて深々と頭を下げる。

「先生、昨夜はありがとうございました。お礼を申し上げるのが遅れ、すみません。それに、大変なご迷惑をおかけいたしましたことをお詫《わ》びいたします」

「……本当にな」

「改めまして、滝沢瑠璃でございます。こちらにいるのは、式神の勾仁です」

泉には視えないとわかっていても、瑠璃は丁寧に自分の右隣を手で示す。

「命をお救いいただき、お食事まで……。誠にありがとうございます」

今はもう華族令嬢らしさの欠片もないだろうが、精いっぱい心を込めて丁寧に頭を下げた。

泉は自分も箸を置き、瑠璃に「顔を上げろ」と言う。

「食事はついでだ。それに、悪いのは滝沢寿々だろう。おまえが礼を言うことでも謝ることでもない」

泉の言葉に、瑠璃は驚く。その身辺を探ろうとして不興を買ったはずなのに、そんな風に言ってもらえると思わなかったからだ。

「先生はお優しいのですね」

そう漏らすと、泉は自嘲めいた笑みを口元に浮かべる。

「俺が優しい？　人をそんなに信用するな。今回の一件は、診療代として滝沢東吉郎からしっかり金をもらう。つまり仕事だ、善意で助けたわけじゃない」

泉が本心でそう言っているのは伝わってきたが、あくまで仕事だったとしても瑠璃はありがたく思った。

「それでも、こうして生かしていただいたのは感謝しかございません」

ただし、これから先のことを思うと心は晴れない。

(死なずに済んだけれど、もう滝沢家に帰ることはできない)

あるのは本当にこの身一つで、これからどうすればいいかわからず途方に暮れた。

視線を落として黙り込む瑠璃に対し、泉は尋ねた。

「式神はおまえが喚んだのか？　直系の娘な上にそれほどの術が使えるのなら、なぜ滝沢家で使用人のような扱いに耐えていた？」

陰陽寮が廃止されたとはいえ、式神使いを欲しがる家は数多《あまた》ある。その気になればいくらでも働き口や嫁入り先はあっただろう、と泉は疑問に思っているようだった。

瑠璃は「家の恥を晒《さら》すことになるのでは」と躊躇《ためら》いつつも、事情を話し始めた。

「勾仁は、亡き父がつけてくれた式神です。私は霊力があってあやかしも視えますが、何の術も使えません」

「父親が？」

「はい。もう六年以上も前のことです。今はこうしてそばにいてくれますが……」

いつまで共にいられるかどうか。そんな状態では滝沢家を出るに出られなかったと苦しげに説明する。

「どんな相手でも嫁ぐと決めて見合いもしました。でもそれもうまくいかず……」

「事情はわかった。だが、なぜ俺が『視えぬ』と気づいたのだ？」

「あの日、先生が呪物の査定にいらしたとき、付喪神が視えていないご様子だったので……。あぁ、この方は視えないのではと疑いを持ち、私と同じように思った勾仁が先生に術を放ちました」

「なるほどな」

泉は自分を調べようとしたのは式神の意思だったと知り、それを問い詰めたときに突然逃げられたのも、高位の式神が瑠璃を守っていたのだと思えばすべて納得がいった様子だった。

「これまで気づかれたことがなかったから、油断していたのかもしれん」

そう言って考え込む泉に向かって、瑠璃は遠慮がちに問いかける。

「先生は、視えぬことを隠しておられるのですよね？」

「当たり前だ。信用にかかわる」

「では、私はこの先、一生誰にも話しません。命をお助けいただいた御恩がございますので、絶対に秘密にいたします」

瑠璃は心からそう思っていた。

(私さえ口外しなければ、先生の秘密が漏れることはないはず)

しかし、泉は眉根を寄せ厳しい口調で言った。

「口約束など信用できない」

きっぱりと否定され、瑠璃は困ってしまう。今の自分に信用してもらえるだけの何かはなく、口約束以外にできることはない。

(一体どうすれば信じてもらえるの？)

戸惑うと同時に意気消沈した様子の瑠璃を見て、泉は言った。

「残念だが、このまま帰すことはできない」

「…………え？」

思わぬ言葉に、俯《うつむ》いていた瑠璃はぱっと顔を上げる。

「帰せない、とは？」

それはもしかして、と瑠璃の目が期待で輝いた。

「ここにいてもいいと言うことですか!?」

「は？」

驚きは喜びに変わり、右手を頬にあてた瑠璃は感情のままに礼を述べる。

「ありがとうございます！　ここに置いていただけるなんて、思ってもみませんでした！」

これで路頭に迷わずに済む、と思うと胸がいっぱいになる。

「誠心誠意、お仕えいたします！　炊事洗濯、掃除は得意ですので、何なりとお申し付けください」

瑠璃は再び三つ指をつくと勢いよく頭を下げ、その状態でもうれしさから口角は上がったままだった。

感動のあまり、じわりと涙も滲む。

（ようやくあの家から出られる！）

「いや、話を最後まで……」

泉が慌てて話の続きをしようとするも、そこへ客の訪れを知らせる鈴の音が響く。

――リィン……。リィン……。

玄関の方から聞こえるその音に反応し、瑠璃は急いで頭を上げて立ち上がる。

「鈴？　お客様でしょうか？」

「霊力があるから鈴の音が聞こえるのか！　って、おい、勝手に出るな」

すぐに客間を出た瑠璃は、パタパタと軽い足音を立てながら廊下を走る。

勾仁は『話はよいのか？』と呟きつつも、瑠璃の後を追っていった。

踏石には大きめの草履が転がっていて、瑠璃がそれを借りようとしたところで客の女性が入ってきた。

「泉先生、おはようござ……」

その女性は四十歳くらいで、袖に鱗柄《うろこがら》の入った茶色の着物を纏った上品な奥方に見える。御付《おつ》きの男性と共に慣れた様子で入ってきて、瑠璃を見て目を丸くした。

「あらあらあら、先生ったらとうとうお嫁さんをもらったんですか！　まぁ〜、何とかわいらしいお嬢さんでしょう！」

「お、おはようございます。あの、私は」

奉公人です、と挨拶をしようとした瑠璃だったが、追ってきた泉がその肩を摑まえ声を被《かぶ》せた。

「患者です、しばらく療養するだけです。橋口様《はしぐち》」

泉は初めて滝沢家を訪れたときのように、人好きのする穏やかな笑みを浮かべてそう言った。

（使用人が客前に出るのを、よしとしない方だったのかしら？）

瑠璃は、申し訳なさそうに泉を振り返る。

二人の様子を見たその女性は、手で口元を隠すようにしてふっと笑って言った。

「先生がそうおっしゃるなら、そういうことにしておきましょう」

「いや、そうも何も本当のことですよ」

「お嬢さん、お名前は？」

「瑠璃と申します」

背筋を正してかしこまる瑠璃を見て、ますます誤解した女性はうれしそうに頷《うなず》いた。

「私は橋口菊《きく》という昔なじみの患者です。先代の時分からお世話になっております。どうか泉先生のこと、よろしくお願いしますね？　使用人のフジ代《よ》さんが田舎へ帰ってから、食事の支度も片付けもお一人でなさっていたので心配していたんです」

「まぁ、そうなんですか？」

この広い屋敷を掃除するだけでも大変だろう。ましてや仕事もしながら自分ですべてを行うなんて、普通はありえないと瑠璃は思った。

「私も奉公先を探しておりましたので、ちょうどよかったです」

瑠璃がそう言って微笑むと、泉は「だからそうじゃないんだ」と呟き、顔を顰めた。けれど、今は客人の用を済ませることが先だと話を切り上げる。

「橋口様、薬はできております。どうぞ中へ」

「まぁ、よかった。これから冷えると心の臓に負担がかかりますでしょう？　早めにお薬がいただければ安心です」

女性は草履を脱ぎ、板の間へ上がると迷わず奥の部屋へと進んでいく。その所作は洗練されたもので、高貴な身分であることが窺える。

瑠璃は茶を用意しようかと泉に尋ねたが、自分でするからいいと断られてしまった。

「まずは食事、その後は療養しろ」

やや強い口調でそう言うと、泉はさっさと歩いていく。そして、部屋へ入る手前で軽く振り返った彼は「後でもう一度話をするからな」と念を押すのだった。

泉縁堂の敷地は、滝沢家ほどではないがそれなりに広い。にも拘らず、建物だけではなく塀の内側を包むようにして全体に結界が張られていた。

（あやかしが入ってこないように？）

瑠璃は、最初こそ泉に言われた通り療養するつもりだった。

でも、昼間から寝ているのが落ち着かず、厨房の片づけや目についた場所の掃除に取り掛かった。

その後、茶の間にも入ったところで、神棚にある強力な護符を見つけたのだった。

「先生は、よほどあやかしがお嫌いなのですね」

あやかしのすべてが悪ではない。とはいえ、理由なく嫌う者もいるとは知っていたし、泉はあやかしや式神が視えないのだから警戒するのも納得できる。

霊符を見上げる瑠璃の傍らで、勾仁がぽつりと言った。

『もう霊力が切れかかっているな』

それは困るのではないか、と瑠璃は勾仁に尋ねる。

「あの橋口様という女性が帰られてすぐに九堂様がお見えになって、先生は結局ずっと奥の間にいらっしゃいますよね」

何やら急ぎの用があったらしく、九堂は瑠璃に気づきもしなかった。そして、持ってきた風呂敷の包みを泉に押し付け、「これを何とかしてください」と頼んでいた。

昨夜から立て続けにトラブルに見舞われている泉は、力なく「今度は何だ……?」と呟き遠い目をしていた。

「そろそろ夕暮れですが、お時間のかかるご相談なのでしょうか?」

『さぁな。九堂が持ってきた物から悪しき気は感じられなかったが……』

霊符の効果が切れると泉が困るだろう。普通の状態ならともかく、今は巫女の力を持つ瑠璃がここにいるのだ。あやかしが集まってきてしまう可能性がある。

(ここにいるなら打ち明けるべきだけれど……)

今まで誰にも話したことはないのに、泉に伝えてよいものか?

瑠璃は迷っていた。

『どうした?』

「あっ……いいえ。あの、この霊符は先生にしか霊力を補充できないのでしょうか?」

もしも自分が代われるならば、と瑠璃は思う。忙しい泉の手を煩わせずに霊符を復活させられるなら、それが一番いいと思ったのだ。

「私が役に立てることが、一つでも欲しいのです」

『簡単なことだ。霊符に手を翳《かざ》してみろ』

「手を翳す？」

右手を近づけて、あてるだけでいいと勾仁は言う。

瑠璃は神棚を前に「失礼します」と一言告げ、霊符に向かって手を翳した。

「え……？」

その瞬間、ぱぁっと明るい光が放たれたと思ったら、それはすぐに消えていった。

体から何かがスッと抜けたような気がして、霊力が減った実感があった。

「これでもう終わりですか？」

きょとんとする瑠璃を見て、勾仁は笑う。

『普通はこんな風にはできん。滝沢家の結界ならこうはいかぬ。……作った者が器用なのだろう』

勾仁は、少しだけ悔しそうに言った。

（父様はすごい陰陽師だったけれど、器用さでは先生の方が上なのね）

勾仁の反応から、瑠璃はそんなことを想像する。

「さて、結界はこれで大丈夫でしたら、次はお夕飯の支度をしましょうか」

いくら栄養があるといっても、泉が作った味噌汁はものすごくまずかった。

焦げ過ぎた魚は味も食感もほぼ炭で、白飯も見た目通りの硬さだった。中でも味噌汁はこの世の物とは思えない味がして、粗食に慣れた瑠璃でも思わず「うっ」と声が出るほどだった。

（さすがにあれは二度と食べたくない……！）

何としても自分で作りたい。

瑠璃は早足で厨房へ向かう。

ついてきた勾仁は、瑠璃の考えていることがわかるのかにやりと笑って言った。

『あれは酷《ひど》かった。あんな食事を続けていたら、あの男はもってあと一年だな』

「これからは私がお支えします。だから縁起でもないことを言わないでください」

厨房についた瑠璃は、すぐに食事の支度に取り掛かった。

籠にあった野菜は少し萎《しな》びていたが、大根や豆、葉物もある。米や味噌の壺も大きな棚の中にあった。醬油《しょうゆ》や塩、煮干しなどもすぐにわかる場所にあり、鍋は何かがこびりついていてよく洗う必要があるが、使えないわけではない。

吊るしてある乾いた野菜や干物は、どこかの店で作られた物に見える。滝沢家と同じく、ここにも馴染《なじ》みの行商人がいるのだろう。

それに、泉は呪術医の仕事だけでなく、町医者としても患者を診ているようで、瑠璃が掃除をしていたときに「先日の薬代です」と金子《きんす》や食べ物を持ってくる者がいた。

彼らは瑠璃を泉の妻だと勘違いし、それらを預けては笑顔で帰っていった。

(こんなに上等な着物を借りているせいだわ)

いつもの古びた小袖なら、勘違いされなかったのに。瑠璃は、誤解とはいえ自分が妻だなんて泉に申し訳ない……と思った。

「でも、色々な食材があってよかったです。お食事の支度ができます」

瑠璃は安堵の息をつく。

「さぁ、がんばりましょう」

『私も手伝おう』

勾仁は水を汲んできてくれると言い、厨房の壁を通り抜けて裏庭へ出ていった。

瑠璃は竈《かまど》の状態を確認し、テキパキと食事の支度を始める。

米が炊き上がる匂いが広がる頃、朝と同じ生成りの着物を着た泉が姿を現した。

「……今はどういう状況だ？」

振り返った瑠璃は、泉の顔を見て「あら」と漏らす。かすかに寝癖がついているのを発見し、九堂が帰った後に疲れて眠っていたのだと気づいた。

ただし、それには触れずに会話を進める。

「お疲れでしょう。もうすぐお食事の支度ができます。勝手ながら、お風呂の準備もいたしました」

「いや、そうではなく。なぜ霊符が……？」

泉はまだ頭がぼんやりとしているのか、顔を顰めながら状況を確認する。

「もうとっくに、あやかし除けの効果がなくなっているものと思っていたのに、さっき茶の間に行ったら大丈夫だった」

「はい、そちらも勝手ながら私がいたしました」

許可も得ず、すみません。と一言謝る瑠璃を見て、泉は混乱した様子でしばらく黙っていた。

「あの、先生？」

「おまえ、体調は？」

瑠璃は笑顔で答える。

「はい、大丈夫です。ご心配いただかずとも、すっかり元気です」

「……？　なぜだ？」

「なぜと聞かれましても」

昨日、呪いを受けたのに回復が早すぎると泉は言い、信じられないものを見る目で瑠璃を見てきた。

（先生の腕がよかったのでは？　私は普通の人間ですし）

瑠璃はきょとんとした顔で泉を見返し、でもすぐにはっと気づいて鍋にあった味噌汁を小さな器にいれて泉に差し出す。

「あの、お口に合いますか？」

ほんの少しの緊張感が漂う。

泉は促されるままにそれを口に含むと、小さな声でぽつりと漏らした。

「…………うまい」

「よかったです！」

まずいと言われてしまえば、使用人として雇ってもらう話がなくなるかもと瑠璃は不安に思っていた。

『瑠璃が作った物だ。気にいらぬと言えばこの手で消してくれる』

勾仁が恐ろしいことを言っているが、瑠璃は聞かなかったことにした。

「では、お食事のご用意をいたしますね」

「いや、待て。まず話を」

そう言った瞬間、ぐぅと泉の腹が鳴る。橋口や九堂が来たことで朝食の途中で部屋に籠りきりとなり、そうなるのも仕方がなかった。

「お話は、食事の後でもできますから」

瑠璃はそう言い、作った料理を皿や椀に移し始める。

(何て楽しいんでしょう)

こんな風にのびのびと仕事ができ、東吉郎一家の機嫌を損ねないよう気を張らずともいいという環境がうれしくて堪らなかった。

自然に口角が上がり、この六年で一番の幸せを感じていた。

「俺は流されないからな……。面倒事は嫌いなんだ……」

「先生?」

楽しそうな瑠璃とは反対に、泉は独り言を繰り返しながら座敷へ移動する。

瑠璃は「お疲れなのですね」と労りの目で見つめてから、お腹を空《す》かせた泉のために急いで支度をしなくてはと、さらに意気込むのだった。

泉縁堂へやってきてまだ一日足らず。初めての場所で料理を作るのは大変だったが、用意した食事を泉は全部食べてくれた。

途中、座敷の入り口にちょこんと座って用事を言いつけられるのを待っている瑠璃に気づき、何とも言えない苦い顔をすることもあったが、食事には満足してくれたのだと伝わってきて瑠璃はうれしかった。

ところが、食事を終えた泉に温かい茶を入れようとしていたとき、真剣な面持ちで伝えられた。

「今朝、おまえに『このまま帰せない』と言った件だが、あれは使用人として雇うという話ではない」

「……え？」

座敷の中央で胡坐をかく泉と、傍らで急須を片手にぴたりと動きを止める瑠璃。

じっと見つめ合うこと数秒、泉は冷めた目で告げた。

「俺はおまえを信用していない。だから、視えぬことを口外できないよう契約させるつもりだった」

「契約？」

すぐには理解できず、瑠璃は表情を曇らせる。

「いいか？　俺は、滝沢東吉郎から昨夜の分の金をもらう。その一部をおまえに渡すから、その金でどこでも好きなところへ行けばいい。口外できぬよう術で縛りはするが、俺がおまえに望むことは他にはない」

そう言われても、これと言って行きたい場所もなければ行く当てもない。金をもらえるのはありがたいが、それを使ってどうすればいいかもわからない。

世間知らずな自分が情けなかった。

瑠璃は不安に駆られ、泉に訴える。

「先生、私をこちらに置いていただくわけにはいきませんか？　使用人の方がおらず、不便な思いをなさっていたのですよね？」

その言葉に、泉は少し眉を動かす。痛いところを突かれたらしい。

「言っただろう？　おまえを信用していないと。それに、おまえも俺を信用するな」

「どうしてです？　先生は私を助けてくださいました」

やり手の美術商である九堂が頼る呪術医であり、町医者としても診療所を構えている。世間的に見ても、医者はかなり信頼のおける職業だ。それを信用するなとはどういうことなのか、と瑠璃は首を傾《かし》げる。

「俺がおまえを助けたのは、あくまで仕事だからだ。たとえば……、俺が使用人に手を出すような男だったらどうするんだ？」

泉は、瑠璃が世間知らずだと忠告する。

しかし、瑠璃は「大丈夫です」と言い切った。

「勾仁がおりますから、私に何かあればすぐこの勾玉から出てきます」

胸元から取り出した深い緑色の勾玉は、今はただの石にしか見えない。

「先生は、ご自分が調べられていると知ったときも真正面から話し合いに来てくださいました。先生は、使用人に手を出すような卑劣な方には見えません。それに、何かあったとしても今のところは勾仁がいますから」

だから自分の安全は確保されている、と主張した。

泉は目を眇め、呆れ交じりに言う。

「ほかにも懸念はある。住み込みで使用人を雇うにしても、おまえは若すぎる。俺はまだ二十三だし、世間体というものがある。おまえはいずれ嫁に行くかもしれないし、同居などして評判を落とすわけにはいかぬだろう?」

愛人だのお手付きになっているだの言われれば、華族令嬢である瑠璃の不利益になる。ここに住むのはやめておけ、と泉は諭した。

これも、瑠璃はそれこそ問題ないと自信たっぷりに言う。

「大丈夫です。私は視えるせいで『気味の悪い娘だ』と言われており、すでに評判は地に落ちております。先生さえお気になさらないのならお薦めです」

「薦めるな」

「使用人としても多くは望みません。衣食住さえあれば平気ですし、三日くらいなら水だけでも我慢します」

「おまえ……、俺は曲がりなりにも医者だ、使用人を飢えさせるなどそんなことができるか」

どうしてもここにいたいと頼み込む瑠璃だったが、泉は首を縦に振らなかった。

「何も、今日明日にここを出ていけと言うわけではない。まずは療養が必要だと言っただろう? それに、しばらくすればおまえの気分も変わるかもしれん」

肩を落とし、見るからに落ち込む瑠璃。

(せっかく奉公先が見つかったと思ったのに)

何とかしてここにいられる方法はないか、と考える。

「どうしたらここで雇っていただけますか? 先生の身の回りのお世話だけでなく、霊力が必要ならば幾らでも使ってもらって構いません。勾仁も、護衛として役に立ちます。お願いします、どうかここで働かせてください」

食い下がる瑠璃に、泉はとどめとばかりに厳しいことを言い放つ。

「無理だな。俺はややこしい身の上の者を雇いたくない。それが本音だ」

「では、私が契約したくないと申し上げればどうなりますか?」

「…………」

口外しないという契約さえしなければ、泉は監視のために瑠璃をここに置かざるを得ない。卑怯だとは思ったが、瑠璃は最後の手段としてそれを口にした。

(ごめんなさい、でもこれしか方法がないんです)

心臓がどきどきと速く鳴り続ける。

泉は黙り込んでいた。

式神がいる限り、瑠璃が納得しないと無理やり契約はできないということに気づいたらしい。この場合はどうしたものか、と悩んでいるように見えた。

（もう一押し？）

考え込む泉を見て、瑠璃は希望が通る余地があるのだと予想する。ずるいとはわかっているが、今後の暮らしがかかっているのだ。

「先生、私をここに置いてください。どうか、お願いします」

必死に頼む瑠璃。

それでも、泉は「わかった」と頷かない。

『おい、瑠璃の何が不満なのだ！』

帯に挟んでいた勾玉が光り、しびれを切らした勾仁が現れる。

不満げに眉根を寄せ、苛々した様子で扇を泉の肩口に突き付けてそう言った。

突然出てきた喧嘩腰《けんかごし》の式神に、泉は顔を顰め「はぁ？」と低い声で応戦する。

『視えぬと知れて困るのはおまえだろう？　それを、ここにいて世話までしてやろうという瑠璃の慈悲がわからぬか』

「とんでもなく態度のデカい式神だな！　だいたい、扉を壊したことをおまえには謝ってもらってないからな!?　主だけに謝罪させず、自ら謝ったらどうだ」

睨み合う二人……、と言っても目は合っていないのだが、泉と勾仁は互いに苛立ちをぶつけ合う。

瑠璃はどうしたものかとおろおろするばかりで、間に入ることもできずにいた。

(ああっ、勾仁! 先生の肩を扇で叩かないで……!)

瑠璃以外の人間と会話をするには、勾仁が相手に触れる必要がある。だからといって、親しげに触れるのは気位の高さが許さない。

よって、扇を泉の肩口に突き付けているのだが、瑠璃にはその失礼な様子が視えているのでひやひやした。

『謝罪? ふんっ、人間風情に私が謝る必要はない』

「はっ、礼儀も知らぬ式神など、ただの悪霊と変わらぬぞ」

『無礼な……! 瑠璃、こんな奴《やつ》と暮らすのは考え直せ!』

「それはありがたい! こっちは最初からそう言っている!」

『何と腹の立つ男か!』

「おまえもな!」

口喧嘩は終わる気配がなく、気づけば急須の茶はとっくにぬるくなっていた。

勾仁が亡き父と瑠璃以外には偉そうな性分だとはわかっていたが、今だけは、泉に対しては特にやめてほしい。

(先生に嫌われたらここに置いてもらえない!)

どう考えてもこちらが悪い。

焦った瑠璃が勾仁を窘《たしな》めようとしたそのとき、泉が呆れ顔で言い捨てる。

「式神はどいつもこいつも……」

その口ぶりは、勾仁以外の式神のことも知っているようだった。

「先生も式神を？」

瑠璃が尋ねるも、「昔のことだ」と言われてそれ以上は教えてもらえない。

(先生もかつては視えたのかしら？)

普通に考えれば、生まれつき式神が視えぬのならば術を磨くことはできない。何らかの事情があり、視えなくなったのだろうと瑠璃は思った。

「とにかく、俺は雇う気などないからな」

語気を強めてそう宣言されると同時に、玄関の方からまた鈴の音が聞こえてくる。

――リィン……リィン……。

朝と同様、瑠璃が立ち上がろうとしたところ、泉はそれを手で制した。

「いい。自分で出る」

その態度は明らかな拒絶であり、一人残された瑠璃は悲しくなり眉尻が下がる。

勾仁はどうしても泉に世話になりたくないといった様子だったが、あいにく瑠璃は一日でここが気に入ってしまった。

(先生の言う通り、私は確かにややこしい身の上だけれど……。お手伝いできること

もあると思ったのに)
困り果てた瑠璃は、空になった箱膳を片付けながら「どうしたらここにいられるのか」と頭を悩ませるのだった。

薄紫色の空に、巣へ戻るカラスが二羽飛んでいる。

「本当にいいのか?」

泉は、隣に立つ瑠璃を見下ろし確認した。

ここは滝沢家の正門前だ。東吉郎の使いの者から「話がしたい」という文を受け取った泉は、一日と空けずにこうしてやってきている。

文では、瑠璃について一切触れられていなかった。だからこそ、「おまえがわざわざ出向いてやる必要はない」と言った泉だったが、それでも瑠璃は「自分も関係のあることだから」とついてきた。

「お供させてください。これからどうなるとしても、もうここへ来るのは最後でしょうし」

瑠璃は苦笑いでそう言うと、まっすぐに滝沢家の母屋を見上げた。

(もっと悲しいと思ってたけど……。不思議と何も感じない)

ここはもうとっくに、両親と暮らした家ではなくなっていたのだと気づく。

二人は使いの者に案内され、がらんと静まり返った邸中へと入る。どうしてこんなに静かなのだろうと疑問に思っていると、「小春たちは辞めちまったよ。気味が悪いって」と教えられた。

(タケさんはどうしているのかしら?)

心配だが、それを尋ねる前に応接間へついてしまった。

「土志田泉様がお越しです」

中から、東吉郎の声がした。

「通してくれ」

瑠璃はその声にどきりとして、「大丈夫」と自分で自分を励ます。

(もうこの家には戻りたくない……!)

一瞬でも外で暮らせる希望を持ってしまった分、「またこの屋敷に連れ戻されるのではないか」という懸念に動揺してしまった。

ぎゅうっと右手を胸の前で握り締め、深呼吸をする。

泉は瑠璃の様子からそれに気づき、あえて大きめの声で言った。

「入るぞ」

「……はい」

襖を開けると、そこには竹で編んだ低い座椅子に座る東吉郎と妻の志乃がいた。二人は泉に媚《こ》びへつらうような笑みを浮かべていたが、一緒に入ってきた瑠璃を見るなり苛立ちを含んだ目を向けてくる。

「当家までお越しいただき、ありがとうございます。おかけください」

「あぁ、そうさせてもらう」

彼らの正面に、座椅子は二台。泉の後ろに立っていようとした瑠璃だったが、彼は当然のように言った。

「瑠璃もこちらへ」

「え……？」

泉の目を見返すと、「おまえはもうここの使用人じゃない」と言っている気がした。

自分がこの場に同席することに東吉郎夫妻が反発する気持ちは伝わってきたが、瑠璃は言われた通りに泉の隣に座る。

緊張感や気まずさが漂う中、先に話を切り出したのは泉だった。

「まずはこちらです」

泉は、持ってきた大きめの風呂敷包みを座卓の上にドンと置く。

東吉郎は風呂敷を開かずともそれが何かわかったようで、苦い顔をする。志乃は

「ひっ」と小さな悲鳴を漏らし、怯え出した。

（これは寿々さんが使った……！）

瑠璃はごくりと生唾を飲み込む。

六角形の古い鏡は、寿々の妬みや恨みを吸い込み強力な呪物として効力を発揮した。今では普通の鏡にしか見えないが、未だ危険な物であることに違いはない。

一同を前に、泉は淡々と話し始める。

「呪物は正しい手法で祓わねばなりません。使用済みならなおさら。それ相応の費用は払っていただきます」

「は、はい。此度《こたび》のこと、責任を感じております……」

反省の弁を述べる東吉郎の様子に、瑠璃は驚いた。ところが、その後に出た言葉はやはり彼らしいものだった。

「金はこちらに用意しました。ですから、どうか此度の件は内密に……！」

彼がそっと差し出したのは、銅貨の入った袋と真珠の指輪などの装飾品で、瑠璃が見たところでも診療代になるかどうかは怪しい金額だった。

（さすがにもっとあるはずでしょう!?）

この期《ご》に及んで感謝するどころか、内心では泉のことを侮っているのだとわかる。

「なるほど、これが滝沢家のお気持ちですか」

「こ、これが我が家の精いっぱいでして」

「……そうですか」

泉はにこりと笑い、でもその目はまったく笑っていなかった。「この男、どうしてくれようか？」とも思っていそうで、隣にいる瑠璃は自分が責められているわけでもないのに恐ろしくなった。

「私はただの呪術医です。呪いをかけるような娘は、旧陰陽寮の者たちに連絡して即刻捕らえてもらわなければなりません」

「し、しかし」

「ご存じですよね？　公の組織ではなくなりましたが、このような事件は未だに彼らが対処しております。古くからの決まりですので、諦めてください」

「そんな、そこを何とか……！　寿々はまだ回復しきっておりませんし、何より水無瀬家に嫁入りする話が……！」

狼狽《ろうばい》する東吉郎を見て、泉は意地悪く笑う。

「呪いが失敗に終わり、穢れを祓っても、犯した罪は消えませんよ。滝沢家のご当主がそんなこともわからないのですか？」

「ぐっ……！」

涼しい夕刻だというのに、東吉郎は汗をかいて苦しげな表情をしていた。

（お金を受け取ったら、先生がすぐに帰ると思っていたんでしょうか？　先生はうちと違ってお金に困っていないでしょうに）

しかも、渡したのは相場よりも低い金額だ。助けてもらっておきながら、恩義を感じていないようだ。

（先生は、一体ここからどうするおつもりなのかしら？）

瑠璃が疑問に思ったそのとき、東吉郎がちらりと瑠璃を見ながらへらへらと笑って提案した。

「か、金が足りぬのなら、どうぞその娘をもらってください」

あまりの言葉に、瑠璃は瞬きすら忘れてしまった。

驚いたのは泉も同じだったようで、その形相は瞬く間に嘲りへと変わる。

「滝沢瑠璃を嫁にでもしろと？」

「いえ、嫁にしてくれなどと贅沢は申しません。厄介ものですから、先生がご自由になさった後でどこかへ売ったとしてもこちらは構いませんので……」

東吉郎の言葉が最後まで聞こえるよりも前に、ドンッ!!という大きな音が響き、泉が座卓に右の拳を叩きつけた。

泉以外の三人がビクリと肩を揺らす。

「おい、帰るぞ」

「え?」

見上げれば、その形相があまりに恐ろしくて瑠璃は固まってしまった。

だが、泉にいきなり手を引かれ、強引に席を立たされる。

「これはいらぬ」

「なっ!?」

泉は座卓の上にあった金を東吉郎に投げ渡すと、薄く笑いながら言った。

「どこにも報告はしない。面倒だからな」

東吉郎は驚きつつも、かすかに口角を上げる。

ずっと黙っていた志乃も、夫と同じく安堵した様子だった。

二人を心底軽蔑したように泉は言う。

「ただし滝沢瑠璃は俺がもらっていく。その呪物は好きに処分すればいい」

話はそれでおしまいで、泉の剣幕に目を瞠っていた瑠璃は、手を引かれて応接間を出た。

(終わった?)

自分を引っ張る泉は、振り返ることなく廊下を歩いていく。

——はははっ、金を置いていきよった! 若造が偉そうに……!

遠ざかる応接間からは、東吉郎の声が聞こえてくる。そのすぐ後には、ガシャンと何かが派手に割れる音がした。

（まさか鏡を割った？　そんなことをすれば……）

泉はここへ来たとき、最初に言ったはずだ。『呪物は正しい手法で祓わねばなりません』と。

金が浮いたと喜ぶあまり、呪物の扱い方を忘れてしまったのだろう。

この後、何が起こるのかは誰にもわからない。

瑠璃も泉と同じように、振り返ることなく母屋を後にした。


外に出れば辺りはもう薄暗く、風で庭の竹がしなっているのが見える。

二人の手はすでに離れていて、瑠璃は置いて行かれないように泉の背中を追う。

「先生？」

「…………」

あれほど瑠璃を雇うつもりはないと言っていたのに、さっき彼ははっきりと「瑠璃をもらう」と言った。

石畳の道を足早に進んでいた泉は、途中でふいに立ち止まる。

右手で前髪をぐしゃりと摑み、後悔の念を口にした。

「ああっ……！　面倒事は嫌いなのにどうしてあんなことを言ってしまったのだ⁉

伯父上のようにはなるまいと思っていたのに、人好しが移ったか？　俺としたことが」

今、話しかけてもいいのだろうか？　瑠璃はそっと右手をその背に伸ばすも、どうしていいかわからずその手を引っ込める。

だが、どうしてもはっきりと聞いておきたいことがあった。

「あの、先生。一つ確認したいことが」

「何だ？」

軽く振り返った泉は、見るからに落ち込んでいた。相当に悔やんでいるらしい。

何とも質問しにくい空気を感じたものの、瑠璃は恐る恐る尋ねる。

「さきほど、私をもらってくださるとおっしゃいましたよね？」

「…………言った」

「それは、その、えっと、嫁にもらってくださるという……？」

「なっ……」

泉は絶句し、驚愕《きょうがく》の表情に変わる。

「と、いうことではございませんよね!?　使用人として泉縁堂に置いてくださる、ということでよろしいでしょうか!?」

あくまで話の流れでその可能性もあると思っただけで、瑠璃が嫁にしてほしいと望んでいるわけではない。

瑠璃が慌てて聞き直すと、泉はため息交じりに言った。

「あぁ……、もうこの際仕方がない」

それを聞いた瑠璃は、笑顔に変わった。

「ありがとうございます！ 精いっぱいがんばります！」

うれしいという気持ちを全面に出す瑠璃を見て、泉は諦めたように少しだけ笑った。

そして腕組みをすると再び歩き始める。

(よかった……！ これで私は……！)

でも、ここで大変なことに気づいた。

自分が巫女であり、あやかしに好かれる体質だということを、まだ伝えていない。

「どうした？」

立ち止まったままついてこない瑠璃に気づき、泉が振り返って声をかける。

(どうしよう、正直に話す？ でもせっかく雇ってくれることになったのに)

やはり無理だと言われたらどうしよう。正直に話すべきか、迷いが生まれる。

「あの、私は……」

どきどきと心臓が鳴り、緊張から言葉がなかなか出てこない。言わなければと思うのに、黙っていた方がいいとも思う。

しばらく見つめ合っていると、正門の前にあった影がふと動いた。

「お嬢様！」

「タケさん？」

瑠璃が倒れた件で使用人たちはこの家を離れてしまったのに、タケはまだここにいた。また会えたことがうれしくて、自然に笑みが浮かぶ。

大きな風呂敷包みを手に駆け寄ってきたタケは、瑠璃の無事を確認できてよかったと涙目で言った。

「よくぞご無事で……！　もうお帰りにならないのかも、と思っておりました」

「タケさん、心配かけてすみません」

「お嬢様がおられないのなら、私がここにいる理由もございません。滝沢家を離れて妹のところへ身を寄せようと思っておりましたところ、お嬢様がさきほど戻られたと聞き、こちらを慌てて用意したのですが……」

荷物の中身は、瑠璃の着物や草履、櫛《くし》だった。わざわざ持って出るほどの物はないが、ないと困るのでありがたい。

「あの、こちらの方は？」

タケがちらりと泉を見る。

「土志田泉様です。これから私の雇い主になってくださる方です」

「まぁ……！　そうですか」

「これからは、あさけの町の方で暮らします。タケさん、本当にありがとうございました」

瑠璃が涙ながらに礼を述べれば、タケはその皺《しわ》だらけの手で瑠璃の手を握って泣きながら言った。

「何をおっしゃいますか、私こそ何のお力にもなれず……。それでも、お嬢様が生まれてきてから幸せな日々を過ごさせていただきました。ありがとうございました。それに、先日私が市へ行くのを止めてくださったから、私は今こうして生きていられます。お嬢様は、あの日何が起こるかわかっていらしたんでしょう？」

きっとタケも、事故のことを聞いたのだろう。自分が通るはずだった場所で大きな事故が起きたことを……。

「お嬢様、本当にありがとうございました。どうかお幸せに」

タケはそう言うと、泉にも頭を何度も下げて「お嬢様をよろしくお願いいたします」と頼んでいた。

（先生に聞かれてしまった……？）

旧陰陽寮に近い者をはじめ、この界隈の者なら巫女の存在を知っている。御伽話《おとぎばなし》だと信じていない者もいるが、泉がそういう性分だとは思わない。

タケに見送られ滝沢家を出た二人は、人力車の集まる通りを目指して歩く。

「すっかり日が暮れたな」

タケにもらった灯りを手に、泉が空を見上げてそう言った。

瑠璃は大きな赤い風呂敷包みを抱きかかえてしばらく無言で歩いていたが、もう隠しておくことはできないと告白する。

「先生。私には……、巫女の力がございます」

ぎゅっと目を瞑《つむ》り、まるで裁きを言い渡されるような心地で泉の返事を待つ。

「あぁ、そのようだな」

泉は歩きながら、さらりと答えた。その反応は、もっと前からわかっていたという様子だった。

「滝沢家の直系で、親が式神までつけたんだ。その可能性はあると思っていた」

「え……？」

「考えるのが面倒だったから、聞かなかっただけだ」

拍子抜けした瑠璃は、「よろしいのですか？」とその目で尋ねる。

予想外に受け入れてもらえてうれしいが、なぜ泉が動じないのかと困惑した。

もしかして、巫女についてよくわかっていないのでは？　そんな風にすら思えるほど、泉はあっさりとした反応だった。

「あの、先生。私の下にはあやかしが集まってきてしまうのですが……？」

追い出されたくはない。でも、確認しておかなければと思った。

泉は、少し不機嫌そうな声で返事をする。

「みくびるな。俺は帝都一の呪術医だ。巫女に寄ってくる雑魚など恐れる必要はない」

「でも」

「おまえはうちにいたいのか、いたくないのか、どちらなのだ？」

「それはもちろん、雇っていただきたいです！」

力いっぱいそう言った瑠璃に、泉は告げる。

「何か問題を起こせばそれまでだからな。それに新しい奉公先が見つかった場合やおまえが嫁にいくなら、遠慮なく辞めてくれて構わない」

「わかりました」

今のところ、そんな日が来るとは思えない。

瑠璃は、泉の提案を笑顔で受け入れた。

「ありがとうございます。……先生はいい人ですね」

「勘違いするな。俺はおまえを信用していない。おまえも俺を信用するな」

ぴしゃりとそう言われ、まだ拒絶されている感じは残っている。

一方で、瑠璃は泉のことをもうすでに信用してしまった。

でも、本人が「信用するな」と言うのだから仕方がない。

「先生、視えない秘密を口外しないという契約なのですが……」

「あぁ、帰ったら即刻契約してもらう」

「いえ、それなんですけれど、私が泉縁堂を出て行くときにしてもらえませんか？」

どういうことだ、と泉は怪訝《けげん》な顔で瑠璃を見る。

「だって、契約した瞬間に追い出される可能性もございますよね？　先生が自分を信用するなとおっしゃるのは、そういう疑いも持てと教えてくださったのでは？」

「……余計なことを教えるんじゃなかった」

「ふふっ、一緒に住めば監視してもらえますし、そもそも私には秘密を漏らす相手がいません。大丈夫です」

世間知らずから一歩成長できた、と満足げな顔をする瑠璃。

それを見た泉は、大きなため息をついて「こんなはずじゃなかった」と呟いた。

【四】狙われた巫女

縁側から見える裏庭は、数日前から彼岸花の赤一色になった。荒れ放題のそこは後回しにするとして、瑠璃には今やらなければならないことがある。

「こんなに物が散乱しているなんて……！」

泉縁堂に住み始めてから、瑠璃は主に炊事洗濯を担いながら屋敷の掃除に勤《いそ》しんできた。最初こそ「療養しろ」と顔を顰めていた泉も、瑠璃があまりに元気な様子なので何も言わなくなっている。

母屋と見られる広い屋敷には大小あわせて十の部屋があり、泉が使っているのはその半分ほど。空いていた一室は瑠璃の部屋となり、残りは徐々にきれいにしていこうと思っていたのだが、そのうちの一室がとてつもなく散らかっていた。

「先生、大変です。あやかしの侵入を許しています……！」

白いさらし木綿で髪を覆い、箒を右手に持った瑠璃は愕然《がくぜん》とした様子で荒れた部屋を前に立ち尽くす。

その隣には、気まずそうな顔をする泉がいた。

「違う、瑠璃。これは俺のせいだ」

「え？　人がこんなに荒らせるものなのですか？」

高級そうな机や椅子を始め、古びた兜や使い込んだ刀、汚れた壺や色褪せた掛け軸などの骨董品《こっとうひん》、茶道具、仏像、それに一部が欠けた般若《はんにゃ》の面などもある。

瑠璃にとっては異様な光景で、てっきり部屋を散らかすあやかしの仕業だと思ったのだが、そうではないらしい。

「ここには結界がありますものね……？　つまり本当に先生がお一人でここまで？」

信じられない気持ちで見つめる瑠璃に、泉は目を逸らして頭を掻《か》いた。

「別に俺が趣味で集めたわけではないからな？　呪いや怨念を祓った後、依頼人が引き取らぬ物もあるのだ」

「あぁ、そういうことですか」

価値のありそうな物は九堂が買い取った後で、残されたこれらはすべて不要な物だという。いつか捨てようと思っていたのだと泉は話すが、そのいつかが来ることはなく数年が経過したらしい。

(私の前にいらした使用人の方は、ここまで手が回らなかったのかも)

「これは地道に片付けるしかないですね」

「別におまえが片付ける必要はない。この部屋が溢れるまでには俺がどうにかする」

「いいえ、先生。私が必ずやこの部屋を片付けて見せます。先生の暮らしをお支えするのが、私の役目ですから」

　瑠璃はやる気に満ちていた。

「……まぁ、ほどほどにしてくれ」

　そう言うと、泉は眠そうな目を擦《こす》りながら廊下に出る。すでに朝というにも遅い時間だったが、泉は毎日このくらいの時間から数時間眠るのが習慣だ。

　足音は次第に遠ざかり、トンッと襖が閉まる音がする。

（昨夜も誰かがいらっしゃったのよね）

　毎日ではないものの、泉縁堂には依頼人や患者がやってきた。そのほとんどが夜に現れ、彼らは皆一様に「人に見られたくない」という雰囲気だった。

　あやかしに遭遇し怪我を負った者、呪いや災いを受け苦しむ者、手に入れた呪物の処分に困った者、いずれも泉の能力を頼ってきた者たちだ。

　瑠璃は「自分も起きていて客人を迎えた方がいいのか」と念のため確認したところ、泉からは「出迎えも詮索も不要だ」という答えが返ってきた。

（先生には「私の霊力が必要になったら呼んでください」とは伝えたけれど、今のところそれもない）

おかげで瑠璃は、夜はゆっくり休むことができている。滝沢家にいた頃よりも体調はよく、それもあって働くのがとにかく楽しかった。

「さて、先生の安眠を邪魔しないように静かに片付けましょうか。勾仁、出てきてください」

呼びかければ、扇を手にした勾仁がふわりと姿を現す。この部屋の荒れ具合をまじまじと見て、眉を顰めて言った。

『これは酷い。いっそ劫火《ごうか》で消し去った方がよいのでは?』

「それでは屋敷がなくなってしまいます」

『言ってみただけだ』

こんなところにいたくない、と言わんばかりの勾仁は扇を持つ手をさっと振るい、緩やかな風を起こす。瞬く間に塵《ちり》や埃《ほこり》が縁側を抜けて外に運ばれ、風と共に消えた。

『すべて外に出すか』

「はい、お願いします」

部屋の中にあった物が、ふわふわと浮き上がり裏庭へと移動していく。数年ぶりに見えたであろう畳は、一部が変色して茶色くなっていた。

「これは錆《さび》がうつったのでしょうか? 畳はあとで拭いてみるとして……」

瑠璃の視線は押し入れに移る。桜の木が描かれた襖は、美しいままだった。

開けてみれば、そこには埃を被って白くなった書物がぎっしり入っていて、手前には衣装箱もあった。

「これは先生の物でしょうか？」

『随分と古そうだな』

たくさんある書物は、医学書や記録帳のように見える。これはこのままの方がいいだろう、と瑠璃は思った。

「こっちもまた古い物ですね」

衣装箱の中身は、子ども用の紋付きの着物や懐刀、足袋などだった。

「あら、かわいらしい」

元服前の子どもが着るような、小さな長着や羽織。すべてきれいに畳んで仕舞われていて、広げてみると『泉禅《せんぜん》』という文字と家紋の刺繡《ししゅう》が目に留まった。

「泉禅？　先生のお名前でしょうか？　こっちの葵《あおい》と鷹《たか》の羽は……」

『鷹宮《たかみや》家の紋だな。土御門《つちみかど》に連なる陰陽師の家系だ』

勾仁は『懐かしい』と言い、そして何やら納得した様子で頷いた。

『あぁ、あれは鷹宮の出だったのか。どうりで人の子にしては霊力が強いはずだ』

「あれってまさか先生のことですか？　失礼ですよ」

呆れ顔の瑠璃をよそに、勾仁は書物を手に取り読み始める。

（先生は、泉禅というお名前から今のお名前になった？　家名も鷹宮ではなく土志田に変わったのは、何かご事情があってのことかしら）

初めて会った日からまだひと月も経っておらず、互いのことはほとんど知らない。腕のいい呪術医であること、少しめんどくさがりであること、魚の煮つけを好むこと。瑠璃が知っている泉の情報は、その程度である。

「そういえば、このお屋敷は先生の伯父様から譲り受けたとおっしゃっていましたね」

『そのようなことを言っておったな。伯父は元藩医で、今は行方知れずだったか』

今、勾仁が目を通している書物には、そのほとんどに『土志田基孝《もとたか》』という名が記されていた。この人物が泉の伯父なのだろう、と瑠璃は推測する。

泉の話では、伯父は相当なお人好しだったらしい。藩医でありながら、身分や思想で差別せず、困っている人は誰のことも治療する……、そんな人だったと聞いた。でも、七年前に「義を尽くそうとする友を助けたい」と言い、仲間のいる戦場へ向かい、現在まで安否不明のままだそうだ。

――医者が、命を捨てに行くなどあり得ない。

そう言った泉の横顔は悲しげだった。

（大切な人に、危険なところへ行って欲しくないという気持ちはわかる）

侍には侍の、医者には医者の矜持《きょうじ》があるのだとわかってはいても、その身を案じる者としては割り切れない気持ちになる。

上等な小さな着物にそっと触れ、これを着ていた頃の泉はどのような顔つきだったのだろうかと何気なく思う。

「……思い出の品は大切にしておかなくては」

いずれ、泉にも妻子ができるかもしれない。そのとき、これを見て昔を懐かしむような幸せな時間があればいいと思った。

しかし、勾仁は不思議そうな顔で尋ねた。

『思い出の品？　それにしては埃だらけだったが？』

「それはそうですけど、私が勝手に処分するわけにはいきません。押し入れの物はそのままにしておきます。あぁ、でも着物は一度干した方がいいでしょうね」

表を見れば、気持ちのいい秋晴れが広がっている。戸を開け放てば風が抜け、虫干しにはちょうどいい。

『手間のかかることだな。人は、なぜか物にこだわる』

「物を通して、誰かを想っているのですよ」

勾仁は付き合いきれないという顔をして、また書物に視線を落とす。

瑠璃は衣装箱を抱えて押し入れから下ろし、これからやるべきことを考え始めた。

「さて、九堂様が無理でも、金物問屋さんなら買い取ってくれるかもしれません。夕飯の準備を始めるまでに、ある程度は仕分けしておきましょうか」

よく一室に収まっていたなと感心するほどだったガラクタたちは、勾仁のおかげで一つ一つが見えるように裏庭に並んでいる。

気の遠くなるような量だが、これがすべて無くなったらさぞすっきりすることだろう。心地よい風が吹き抜ける縁側で、瑠璃は黙々と作業を進めていった。


人馬の往来が激しい、昔ながらの職人の町。

泉縁堂のあるあさけの町からほど近い人形町へ出ると、瑠璃の知っている世界とはまた別の賑やかな光景が広がっていた。

「すごいです……！　どこもかしこも人でいっぱいですね」

興味津々といった様子の瑠璃。少し先を歩く泉は「はぐれるなよ」と声をかける。

橋の上を歩けば、コンコンと草履の底が当たる軽快な音がした。

瑠璃紺色の羽織を纏った背中を、見失わないようにしてついて歩いていく。

「すっかり秋の日差しだな」

「そうですね」

いつもなら泉は寝ている時間だが、今日は瑠璃に必要な生活用具を揃えるためにこうして出てきていた。

古びた小袖や着古した襦袢しか持っていなかった瑠璃は、これまで泉の母親の形見を借りていた。「屋敷にある着物は好きにして構わない」と泉は言っていたが、どれも上質な物ばかりで借りるのに気が引けて、一番控えめな茶色の小袖を着ていたところ、瑠璃の様子を見にやってきた橋口菊が「若いお嬢さんに何を着せているんですか」と泉に苦言を呈したのだった。

「私のせいで、橋口様に叱られてしまってすみません」

「昔からだ。旗本の妻君だった頃から、気位の高さや世話焼きなところは変わらん」

二年前に夫を亡くしてからは、娘夫婦とひっそり暮らしているらしい。知り合いの華族令嬢に三味線や茶の湯の作法を教えて過ごしているので、瑠璃のことも気になったのだろうと泉は話す。

そして、少々困った顔でこうも言った。

「俺も気が利かなかった。男と女では生活のそれが随分と違うのに、橋口様に言われるまで屋敷にある物で事足りるだろうと思っていた」

「いえ、十分によくしていただいております」

「だが、不便があっただろう。夕方にはさっき寄った大野屋から買った物が届くが、足りぬときは遠慮なく言え」

「ありがとうございます。でも、本当にもう十分ですから……」

橋口の紹介で、帝都でも有数の呉服問屋である大野屋で着物や小間物など色々と安く売ってもらった。しかし、無一文で泉縁堂へ来た瑠璃にはまとまった金などない。泉は「支度金と思えば安い」「金は気にするな」と言ってくれたものの、瑠璃としてはこれ以上何か用意してもらうわけにはいかない。

(先生は、東吉郎様からお金を受け取らなかった。私は呪いを祓ってもらった分のお金も返さなくてはいけないのに)

泉は、あのときの診療代を瑠璃に請求しなかった。自分のことを信用するなと言っておきながら、瑠璃には恩恵を与えるだけでつらく当たったことなど一度もない。

「先生は、本当にお優しい方ですね」

まだ少ししか経っていないが、泉縁堂での暮らしは想像以上に快適で、働き甲斐がある。結界のおかげで、勾仁が夜にやってくるあやかしを斬る必要もない。

(着る物も食べる物もそうだけれど、安心して暮らせる場所を得られたのが何より大きい)

瑠璃が感謝を口にすると、泉は嫌そうな顔をするのだが、最近では彼がただ何と返事をしていいのかわからないだけなのでは、と感じ始めていた。

「どうにかお礼をしたい気持ちはあるのですが、私にはこの身一つしかありませんので体でお支払いするしか……」

「それは話が変わってくるぞ」

「血や肉、髪でどうにかなるものならば、それもやむなしと思っております」

「それもまた随分と話が変わってくるぞ!?」

泉は、「馬鹿なことを言うな」と顔を引き攣らせる。

それでも瑠璃は、感謝の気持ちを懸命に伝えようとした。

「本当にありがとうございます。この命に代えても、先生をお支えする所存です」

「やめろ、大げさだ。おい、拝むな!」

瑠璃は手を合わせ、まるで神に祈るようにする。

人目を気にした泉は、慌ててそれを止めた。

『瑠璃。そこまで感謝せずともよいのではないか？』

「勾仁」

ふと気づけば、瑠璃の隣には勾仁がいた。

何を言うのか、と怪訝な目で見上げる瑠璃に彼は言う。

『この男、あんな焦げた飯を食っていたら寿命は一年と持たぬだろう。瑠璃が飯を作ってやるから生き長らえるのだ。むしろこやつの方が瑠璃に感謝すべきだ』

ふんと鼻で笑い、泉を見る勾仁は相変わらず偉そうだった。触れていなければ声が聞こえない泉は、瑠璃の様子から「また式神か」と瞬時に察して眉根を寄せる。

「瑠璃、式神は何と？　どうせまた偉そうに何か文句でも言ってるんだろう？」

「えっと、そのようなことは……」

困った瑠璃は、言葉を濁す。

じっと追及するように見つめられ、思わず目を逸らしてしまった。

「勾仁は、その、先生の食生活が心配であると。きちんと栄養を取り健康で長生きしてほしい、というようにも感じ取れることを申し上げております」

そう述べる瑠璃に対し、泉は「わかりやすい嘘だな」と目を眇める。だが本当のことを聞き出す気もないらしく、その話はそこでおしまいにしてまた歩き出した。

喧騒《けんそう》の中、二人は連れ立ってゆっくりと歩いていく。瑠璃には目新しい物ばかりで、改めて自分の世間知らずさを実感していた。

しばらく歩いていると、泉がぽつりと漏らす。

「夏なら氷菓子が食えたな」

視線の先には、茶屋の前掛けをつけた少年が客を呼ぶ姿があった。

「それは何ですか？」

何気なく尋ねたところ、泉はぎょっとした顔で瑠璃を見る。

「食べたことがないのか？」

「はい」

「まさか団子も？」

「団子はさすがに食べたことがあります。苦みのある緑の餅ですよね？」

「違う」

どうやら二人の思うそれは違うらしい。

瑠璃は「子どもの頃なら食べたことがあったかも？」と記憶を引っ張り出そうとするが、思い出すより先に泉が瑠璃の手を引いた。

「あんなにうまいものを知らずに、帝都で生きているとは……！」

「先生？」

泉はまっすぐに茶屋に向かい、中に設けられた席へ瑠璃を座らせる。

（一体何事ですか⁉）

戸惑う瑠璃に構わず、そこにいた少年に菓子を注文する。

「栗《くり》団子とあやめ団子、それからカステラをくれ」

「はい！　ありがとうございます！」

まもなく運ばれてきたのは、瑠璃がこれまで思っていた団子とは違っていた。

（これが団子？）

餡子《あんこ》の甘い香りに、思わず「おいしそう」と呟く。

泉に促されるままに口に運べば、食べたことのない甘い味わいに目を瞠る。

『瑠璃、それはうまいのか？』

勾仁が尋ねる。

泉は自分も団子を口にしながら、瑠璃の反応を見ていた。

「んんっ、とてもおいしいです……！」

こんなにおいしいお菓子があるなんて、と感動を露にする瑠璃を見て泉は満足げに笑った。

「うまいだろう。こっちも食ってみろ」

「いただきます」

ここ数年、甘い物には縁のない暮らしをしていた瑠璃は、遠慮を忘れて興味津々で手を伸ばす。勾仁はその様子を見てうれしそうに目を細めた。

（昔食べた落雁《らくがん》とはまた違ったおいしさだわ。噛んでも噛んでもずっと甘い）

また新しいことを知ることができた。それもこんなに幸せなことを。茶を飲んで人心地ついた瑠璃は、喜びを噛み締めた。

ふと隣を見れば、泉もおいしそうに団子を頬張っている。

（甘い物が本当にお好きなのね）

普段の落ち着いた物言いや仕草とは違い、夢中で食べている様はかわいらしく見えた。瑠璃はそれを微笑ましく感じ、くすりと笑う。

「どうした？」

突然に視線を向けられ、瑠璃は驚きでびくりと肩を揺らす。

「あの、ありがとうございます、先生。とても素晴らしい世界を知りました。この世にこれほどおいしいお菓子があるとは意外でした」

「あぁ、それはよかったな」

また大げさな、と泉は呆れる。

「来年の夏になれば、今度は氷菓子を……」

ところが、泉は言葉の途中で何かを感じ取ったように真剣な面持ちになり、黙り込んだ。その険しい雰囲気に、瑠璃は恐る恐る口を開く。

「あの、先生？　何か……？」

答えはない。ただ、じっと何かを探るような様子で周囲を警戒している。瑠璃も同じように息を潜めて動きを止めていた。

『どうした？』

勾仁も周囲を見回し、異変がないか確認する。

その瞬間、トトトトと軽い足音がして瑠璃の目の前に突然一匹の猫が飛びかかってきた。

『瑠璃！』

「毛倡妓!?」

瑠璃は飛びついてきた猫を抱き留め、驚きの声を上げた。周囲の客には「みゃあみゃあ」としか聞こえず、やけに人懐っこい猫が来たなという声を漏らす者もいた。

『もぅ、やっと見つけたわ！』

「心配かけてごめんなさい。でもよくここが……って、もしかして結界から出たから匂いでわかったのですか？」

『そうよ！　夜な夜な遊びながら人間の男の生気を吸って、それでたまに瑠璃を捜して今見つけたのよ』

頭や背を撫でながら「ありがとう」と笑う瑠璃。勾仁は『気まぐれで捜してただけだろうが』と呆れているが、二人は再会を喜び合っていた。

ふと、瑠璃は泉の様子が変わったのは毛倡妓のせいだったのかと予想する。

「先生は、さきほどこの子の気配を感じておられたのですか？」

「俺が気にしていたのは気配では……いや、何でもない。俺に視えるということは半妖か？　それとも特別なあやかしか？」

泉は瑠璃の腕の中にいる猫を凝視し、嫌そうな顔をする。話している内容はわからないが、泉にも猫としてその存在が視えていた。

『人と何度も交わることで、人に近づいたあやかしの成れの果てだ。だから泉にも視えるのだろう』

「急に話しかけるな」

扇の先を泉の肩に置いた勾仁は、毛倡妓についての見解を示す。

『失礼ね。誰が成れの果てよ』

瑠璃の膝の上からぴょんと飛び降りた毛倡妓は、勾仁を睨みつけた。

『毛倡妓は、昔から滝沢家の庭に住み着いていた。見ての通り、ただの猫とさほど違いはない。わざわざ祓うほどの害はないぞ』

「…………」

泉は顔を顰め、毛倡妓に話しかけることはなかった。その反応から、近づきたくないという気持ちが伝わってくる。

「先生？」

「行くぞ」

泉は立ち上がり勘定を支払うと、そのまま黙って歩き始めた。

瑠璃は「ごちそうさまでした」と店の少年に告げ、慌ててその後を追う。勾仁と毛倡妓は、何やら口喧嘩をしながら瑠璃を追ってきた。

（先生は、やはりあやかしがお嫌い……？）

視えないことを思えば、彼があやかしを避けるのは当然だ。けれど、毛倡妓のように視えるあやかしにもそっけない態度を取るのは予想外だった。

(視えないこと以外にも、あやかしを嫌がる理由があるの?)

瑠璃が理由を尋ねたところで、答えてくれるかわからなかった。視えないことも、ただの奉公人が踏み込んでいいことではない気がして、詳しくは聞いていない。

(私は先生のことをもっと知りたいけれど、先生にとってはこの気持ちも「面倒なこと」のうちに入るでしょうね)

『おまえはさっさと滝沢家へ帰れ』

『嫌よ! せっかく瑠璃を見つけたんだから!』

後ろから、言い争う声が聞こえてくる。

できることなら、ずっと泉縁堂で働きたい。そのためには、今のまま一定の距離感を保ったままでいた方がいいような気がする。でも、毛倡妓に再会した今、このままでいることはできない気がした。

(どうしたものかしら……)

思い悩んでいるうちに、泉縁堂に到着する。

ずっと無言だった泉は、そのまま奥の間に消えていくのだった。

その日の夜、短い仮眠から起きてきた泉に食事を運び、風呂の支度も済ませた瑠璃は廊下に座り、そっと彼を観察していた。

（顔色よし、食欲もあり、特に不機嫌ではなさそう）

食事をする様子はすっかりいつも通りで、変わったところはない。

毛倡妓は結界のある泉縁堂を嫌がり、近くの神社に行ってしまった。せっかく会えたのに……と寂しく思う気持ちはあるが、毛倡妓にとっても泉にとっても今は顔を合わさない方がいいだろう。

（どうにかして話を切り出さなきゃ）

そばに控えて機を見計らっていたところ、それに気づいた泉が先に口を開いた。

「何かあるなら早く言え。じっと見られているのは居心地が悪い」

「申し訳ございません……！」

廊下に座っていた瑠璃は、静かに部屋の中へ入る。

泉の前に置いてある箱膳の上はすでに空になっていて、今日もきれいに平らげてくれたのだとわかるとうれしい気持ちになった。

「昼間のことか？」

「はい、そうです」

瑠璃は意を決し尋ねてみる。「なぜそこまであやかしを嫌がるのか」と。

彼は腕組みをしながら、淡々とした口調で答えた。

「別に好き嫌いの話ではない。単に面倒なだけだ」

「面倒ですか？」

「あぁ、そうだ。あやかしは、人とは根本的に違う。まぁ、普通に暮らしていればあやかしと会うこともあまりないが……」

普通の人間ならば確かにその通りだ。

だが、ここではそうはいかない。

「普通はそうかもしれませんが、その、これからは巫女の力を持つ私がおりますのでわらわらと集まってくる可能性がございますよ？」

「不吉なことを言うな」

「大家族はお嫌ですか？」

「あやかしを家族に数えるな」

呆れ顔の泉は、冷静に考えてみろと説く。

「あやかしは気まぐれだ。今は親しくしていても、いつ敵に回るかわからん。そのときつらい思いをするのはおまえだ」

人とあやかしは、時間の感覚も命の重みも捉え方が異なる。そもそも、価値観が違い過ぎて感情を共有することなどできないのだと泉は言う。

「俺だって、あやかしのすべてが悪だと思っているわけではない。あやかしにも色々いるからな。だが、今は害がないからと言って馴れ合うのはよくない」

かかわるのはやめておけ。それが泉の主張だった。

（先生は、私が傷つかぬよう助言してくださっている？）

事実を述べているだけ、そんな風にも感じられるが、その言葉や雰囲気の端々からは心配してくれているようにも思える。もっとも、本人にそれを告げたら「違う」と否定されるだろうが……。

瑠璃はしばらく考えてから、躊躇いながら話し始めた。

「先生のおっしゃることは理解できます。きっと、その方がよいのでしょう。毛倡妓のことは信じていますが、巫女を食らいたいあやかしもいるということは身を以《もっ》て知っています」

あやかしは気まぐれで、彼らにとって人の命など軽い。けれど、その上で瑠璃はあやかしを拒絶したいとは思わなかった。

瑠璃の言葉に、泉は不思議そうな目をする。

「そこまでわかっているのに、なぜあやかしと付き合うのだ？」

「裏切られる可能性があるから信じない、というのは寂しいと思いました」

「……」

「人もあやかしも、この先どうなるかは誰にもわかりません。先生は、私のことを信用していないとおっしゃりながらも、ここにこうして置いてくれています。」

あやかしより私の方がよほど面倒ではないですか、と瑠璃は控えめに笑う。

「毛倡妓は、滝沢家にいた私の日々を見守ってくれていました。気まぐれで好き嫌いが激しい気性ですが、よき友人だと思っております。あの子には、先生の前には現れぬよう言い聞かせておきますので、私がかかわることはどうかお見逃しください」

わかってもらえるだろうか、追い出されやしないかと瑠璃は緊張からぎゅっと手を握り締める。

(もしもこっそり付き合いを続けていても、先生は何もおっしゃらないかもしれない。けれど、ここでお世話になる以上、きちんと許可はいただきたい)

必死に頼む瑠璃を見て、泉は諦めたように言った。

「好きにしろ」

「……ありがとうございます！」

安堵した瑠璃は、喜びのあまり満面に笑みを浮かべる。

そして、またもや拝みながら感謝を伝える。

「この御恩は一生かけてお返しいたします」

「本当に一生居座るつもりじゃないだろうな？」

「でも先生、私がいなくなったら少しは困りますよね？」

箱膳に視線を落とせば、泉も意味を理解したようで苦悶《くもん》の表情に変わる。

「くっ……！　別に、俺は、食えれば何でも……」

心の中では、泉も気づいているのだろう。これまでの一人きりの暮らしは不便が多く、やはり人の手があると暮らしぶりがよくなるということに。

「気をしっかり持て。流されるな」

頭を抱える泉を見ながら、瑠璃は「明日は何を作りましょうか」と言って笑った。

◆◆◆

殺風景な石畳が、赤や黄色の落ち葉で彩られていく。

泉縁堂の敷地は広く、この頃は掃き掃除をやってもやってもきりがない。

暖かな日差しが降り注ぐ中、瑠璃が上機嫌で掃除をしていると、一人の青年が姿を現した。

「滝沢瑠璃さんですね？」

真新しい洋装を着た背の高い青年が、瑠璃を見つめて微笑む。

「はい、そうですが……。私に何か？」

泉縁堂に来る客はすべて泉の客で、瑠璃を訪ねて誰かが来たのは初めてだった。

「あぁ、ようやく会えた。あなたを捜しておりました」

瑠璃は箒を両手で握り締め、目を瞬かせる。

(私を捜していた？　一体この方は誰かしら？)

心当たりはまったくない。何かの間違いでは、とすら思った。

「私は水無瀬栄丞《えいじょう》と申します。あなたに縁談を申し込んだ水無瀬家の嫡男です」

「え……？」

水無瀬といえば、寿々の縁談相手ではなかったか？

この人が自分を訪ねてくる理由が、ますますわからない。

水無瀬は、いかにも女性に好かれそうな優しげな笑みを浮かべて話を続けた。

「ご無事でよかった。行方知れずだと聞き、心配していたのです。方々《ほうぼう》に人をやり、ようやくあなたがこちらにいると突き止めたのです」

目鼻立ちのくっきりした美しい顔立ちに、落ち着きのある所作、穏やかな口調はどこからどう見ても好青年で、その身なりの良さにしてもさすがは名家の跡取りだと感心させられるものだった。

普通の女性なら、こんなに素敵な人が自分を訪ねてくるなんて……と感動したことだろう。

しかし瑠璃は、別の意味で彼の見た目に驚いていた。

（こんなに真っ黒な怨念に取り憑かれている人は初めてだわ！）

水無瀬には、怨念のような黒い影が纏わりついていた。「決して逃がさない」と、絡みつく蛇のようにも思えてくる。

（一体何をしたの？　勾仁が反対した見合い相手の人だって、ここまではっきり視えるほど怨念に絡みつかれてなかったのに……）

水無瀬にぴたりとくっついた黒い影は、霊力を持つ者にしか見えず、本人は気づいてはいないようだった。

（この方は、怨霊に殺したいほど憎まれている。しかも、ものすごく多くの怨霊に）

蠢く影たちは、こちらの様子を窺っているように思えた。霊力を持つ瑠璃がどう出るか、警戒しているのだろう。

瑠璃は恐ろしくなり、心臓がどきどきと早鐘のように鳴り続ける。

『何だ、この男は？　不快だ』

勾仁が堪らず飛び出てきた。

（ダメよ、勾仁！）

瑠璃は勾仁が攻撃しないよう、目だけで密かに制する。

水無瀬は、どれほど自分が話しかけても瑠璃の顔がずっと強張っているのを、不思議そうな顔で見ていた。

「どうかしましたか？」

「いえ、その、ご用件は何でしょうか？」

「……やはり滝沢東吉郎はあなたに何も話していなかったのですね」

彼は、妙に納得したそぶりで頷く。

「私が結婚を申し込んだのは、滝沢家直系のお嬢さんです。つまり、滝沢瑠璃さん、あなたとの結婚を申し込んだのです」

「私ですか？」

意外な真実に、瑠璃は目を瞠った。

（そんなこと、思いもしなかった）

ふと思い出したのは、「水無瀬家から縁談が来た」と嬉々《きき》として報告してきた寿々のこと。

（まさか寿々さんはそれを知って……!?）

ただの嫌がらせにとどまらず、呪物を使って殺そうとしてきた。なぜそこまで恨まれたのかわからずにいたが、この話を聞いてようやく腑《ふ》に落ちた。

（あれほど喜んでいたのに、それが自分への縁談じゃなかったから）

あの後、滝沢家がどうなったかはここを訪れた九堂に聞いていた。

東吉郎と志乃は、原因不明の心神喪失状態で幻覚に悩まされ、帝都から離れた場所で静養しているらしい。

実際には、「醜聞を恐れた親族による軟禁だろう」と九堂は話した。

寿々は健康を損なってはいないものの、同じく呪いの代償で会話できない状態だそうで、夫妻と同じく療養先で過ごしている。

（呪物を使用し、壊してしまった代償は恐ろしい）

滝沢家は、近いうちに分家の誰かが当主として立つはずだ。でも彼らは、これまで誰も瑠璃を助けてはくれなかったから、今後もどんな扱いを受けるかはわからない。

だから瑠璃は「このまま泉縁堂で暮らす方がずっといい」と思い、あの家には戻らないことを決めた。

「瑠璃さん？」

「あっ、はい」

ぼんやりとしていると、水無瀬が心配そうな目でこちらを見ていた。

「事情はわかりました。わざわざお越しくださり、ありがとうございます」

ひとまず礼を述べるも、水無瀬が今さら瑠璃を訪ねてきた理由がわからない。

（今の私に、わざわざ会いに来るほどの価値はないはず。それに、こんなに怨霊に憑かれるような人が、善意で私を捜しに来るかしら……？）

水無瀬はてっきり瑠璃が喜ぶと思っていたようで、改めて目的を口にした。

「私は、今でもあなたと結婚したいと思っています。あなたは滝沢家直系の一人娘にして、神のお告げを聞ける巫女。そうですよね」

水無瀬は自信たっぷりにそう言った。

瑠璃が巫女だと、確信しているようだった。

「おっしゃる意味がわかりません」

瑠璃は反射的にそう答える。何が何でも認めるわけにはいかない。

水無瀬はくすりと笑い、安心させようとするかのように笑みを深めた。

「巫女の能力で夫の出世を支えれば、あなた自身も多くの者に称《たた》えられ、傅《かしず》かれる立場を得られる。こんなところで働かずとも、贅沢な暮らしができます」

優しげな表情や声音ではあるものの、その裏に「己が正しい」という傲慢さや「君と結婚してあげよう」という身勝手な同情も感じた。

「誰もが知る名家の妻になることは、女性として最高の誉れでしょう？　それに、いずれ滝沢家を取り戻すこともできるかもしれません。滝沢東吉郎に虐げられてきた恨みを晴らすことも叶うでしょうね」

「あなたがどうして滝沢家のことを……？」

彼はにこりと笑うだけで答えはしなかったが、滝沢家の実情など調べればすぐにわかることだろう。

（この人は一体……？　巫女の力を使って何かしようとしている？）

両親の恐れていたことが現実になったのか、とゾッとする。恐怖や憤りなど様々な思いが駆け巡るが、瑠璃は一切の感情を押し込めて言った。

「私はただの娘です。何の力もございません」

彼が何を言おうと、自分さえ黙っていればいい。ところが、水無瀬は余裕の笑みを崩さず告げる。

「タケという女性をご存じですよね？　偶然、彼女の妹さんの話を耳にしたんですよ。『姉が、滝沢のお嬢さんのおかげで命拾いした』と」

「タケさんの妹さんが……？」

「詳しく事情を伺い、私はあなたが巫女だと確信しました。巫女は代々、大名家以上の権力者に正妻として嫁いでいます。あなたもそうすべきです。私と一緒に来て、国のためにその能力を使ってください。使用人一人の命を救うより、国を動かすようなもっと大きなことのために力を使うべきです」

そんなこと、できるわけがない。瑠璃は真っ先にそう思った。

（巫女は、ごく近しい人間の未来しかわからない。国を動かす力なんて……）

そこまで考えて、ある可能性に思い至った。

もしも自分の『近しい人間』が、国の行く末に影響力を持つ人間だったのなら？

その人物や周囲の人々の未来を予言し、都合のいいように変えることができたなら？

（私が思っていた以上に、危険な力なのかもしれない）

瑠璃は、水無瀬の思想が怖くて仕方がなかった。

国のためと言いながら、自分の野心を叶えるためなら何を犠牲にしてもいいと思っているような目が恐ろしい。

「私は、違います。巫女なんかじゃありません」

今できるのは、巫女ではないと否定することだけ。

（こんな人に利用されるのは嫌。絶対に断らないと……！）

しかも、水無瀬のそばにいると、怨念から漂うドロドロとした重苦しい感情が流れてくるようだ。

息をするのも苦しくなってきて、瑠璃は勢いよく頭を下げてきっぱりと拒否する。

「あなたと結婚はできません！　巫女だと勘違いさせてすみませんでした！」

「は？」

「失礼いたします！」

「なっ……！？」

瑠璃は息を止め、母屋に向かって全速力で走る。

笄はその途中で落としてしまい、カラン……という軽い音が庭に響く。

『瑠璃、大丈夫か!?』

「はぁ……はぁ……」

玄関の扉を閉めた瑠璃は、水無瀬が追ってこないことを窓から覗《のぞ》いて確認する。

彼がこのまま諦めるとは思えないが、無理に押し入ってくることはなさそうでそこは安心した。

（まさか、知られてしまうなんて……）

両親亡き今、瑠璃の力を知っているのはタケと泉だけ。

タケはきっと、一緒に市へ行くはずだった妹に何気なく話したのだろう。タケを救えたことはよかったが、口止めしなかったのは迂闊《うかつ》だったと悔やむ。

『始末するしかないか』

扇を刀に変えた勾仁は、すぐさま出て行こうとする。

しかし、彼を悪神にしたくない瑠璃はそれを必死で止めた。

「やめてください！　私は大丈夫ですから」

『見たところ、あの男は相当な悪事に手を染めている。今ここで息の根を止めておいた方がいいはずだ』

「私がよくありません！　あなたにそんなことさせられません！」

人を殺せば、勾仁が悪神に近づいてしまう。

(滝沢家から離れて、ようやく平穏な日々を手に入れたのに)

『くっ……！　あやかし相手ならばどうとでもなるものを……！』

苦悶の表情を浮かべる勾仁を、瑠璃はどうにか宥めようとする。

「あの人が何度来ても、断り続ければよいのです」

瑠璃は勾仁の袖を掴み、刀を納めてくれと頼む。長い髪がゆらゆらと揺れ、勾仁の感情が鎮まるのにはまだ時間がかかりそうだと思った。

「どうした？　客が来たんじゃないのか？」

「先生」

水無瀬の来訪により、屋敷の中には鈴の音が響いていた。ところがしばらくしても誰も姿を見せなかったことを不審に思い、泉が玄関先まで出てきたのだった。

勾仁は泉を見るなり、カッと目を見開いてそちらへ飛んでいく。

『おい、始末してほしい人間ができた』

「おまえは俺を何だと思ってるんだ？」

泉の首すじに刃をあて、突然物騒なことを依頼する勾仁。普通の刀とは違い、斬るという意志がなければ斬れないものの、瑠璃は卒倒しそうになる。

視えない泉は「一体何事だ」と呆れ顔で目を眇め、勾仁に問いかけた。

「俺は医者だ、人殺しは請け負わん。自分でやればどうだ？」

『瑠璃が人を殺すな、悪神に堕《お》ちてはならぬ、と止めるのだ』

「ははっ、すでに悪神だろう。心配は無用だ」

『貴様……！　その可能性に賭けて一度やってみるか』

　今この場でおまえを、と刃を突き付ける勾仁は殺気立っていた。泉にも殺気は伝わっているはずなのに、まったく動じる様子はない。

　泉は、勾仁から瑠璃に視線を移して問いかける。

「で、一体誰が来たのだ？　九堂様が来ると聞いていたから、てっきりそうだと思ったのだが」

　もう三時を過ぎているが、「昼過ぎには顔を出す」と文を寄こしていた九堂はまだ姿を見せていない。

「今しがた、水無瀬栄丞様と名乗る方がお見えになりまして――」

　以前、水無瀬が滝沢家に縁談を申し込んできたこと。寿々への縁談だと聞いていたが、それが実は自分に寄せられた縁談だったこと。水無瀬はあくまで「滝沢家直系の娘」が欲しかったのであり、今でも瑠璃と結婚したいと思っていることを話した。

「水無瀬といえば帝都で一、二を争う名家だろう。その嫡男がおまえを？」

「それは、私が……」

ここまで話して、瑠璃は言葉を詰まらせる。

(これって雇い主の先生には関係のないことなのでは……？　迷惑にしかならない)

聞かれるがままに話してきたが、面倒な奉公人だと思われたくないという気持ちが沸き起こる。

口ごもる瑠璃を見て、泉はさらりと言った。

「よいのでは？　結婚相手としては申し分ないだろう？　もらってくれる相手がいるうちに嫁に行けばいい」

「あんな人に、ですか……!?」

青褪《あおざ》める瑠璃を見て、泉は眉根を寄せる。

「一体どんな男だったのだ？」

『貴様、瑠璃に死ねというのか！』

「どういうことだ、それは!?」

視えなくても、今にも式神が襲ってきそうな気配は感じる。

泉は困惑し、瑠璃にさらなる説明を求めた。だが、瑠璃は「嫁に行けばいい」とあっさり言われたことに傷つき、泣きそうな顔で下を向き何も言えなかった。

(先生は、私がここにいてもいなくてもどっちでもいいんだわ)

わかっていたはずなのに、悲しくて堪らない。

滝沢家にいた頃は、感覚が鈍くなってしまっていて悲しいとかつらいとかそんな気持ちはほとんど感じなかったのに、今は泉のたった一言で胸が痛む。

「……先生」

「な、何だ？」

しばしの沈黙の後、瑠璃は無表情で淡々と伝えた。

「私が求めているのは、嫁ぎ先ではなく奉公先です。なるべくご迷惑をおかけしないようにしますので、どうかここに居させてください」

「たった今、おまえの式神に迷惑をかけられているが……？」

瑠璃はちらりと勾仁を見て、「先生から離れてください」と静かに命じる。

勾仁は言われた通りに泉から離れ、それと同時に刀は扇へと変わった。

しんと静まり返った玄関には、気まずい空気が流れる。

（あぁ、いけない。面倒だと思われないよう、元気に明るく、役に立つ奉公人でいなくては）

大丈夫、出ていけとは言われていない。必死で笑みを作ろうとした。

「私のことはお構いなく。水無瀬様にはきっちりお断りいたします」

「そうか……？」

泉と視線が合えば、彼は探るような目でこちらを見ていた。

「夕飯の支度がありますから、私はこれで」

うまくごまかせていないことは、泉がなかなか部屋に戻ろうとしないことから何となくわかった。けれど、瑠璃は強引に話を終わらせて、いつも通り振る舞っているつもりで厨房へと向かう。

『瑠璃、よいのか？』

ついてくる勾仁にさきほどまでの殺気はなく、ただ瑠璃を案じているように感じられた。

「はい。奉公人がいちいち困りごとを相談するなど、その方がおかしいですから」

泉は雇い主であって、後見人ではない。

これ以上面倒をかけてはいけない、瑠璃はそう思っていた。

◆◆◆

夜だというのに、灯りが煌々《こうこう》と灯《とも》る茶屋の二階には三味線の音と楽しげな笑い声が響いている。

見目麗しい芸妓《げいこ》たちが揃うお座敷で、泉は一人黙って盃に口をつけていた。

「心ここにあらず、ですな。泉先生」

隣に座る九堂が、残念そうな顔で声をかけてくる。

せっかく誘ったのに、とその目は不満を漏らしていた。

「具合の悪い者がいるというから来てみれば、元気ではないか」

九堂の愛妾《あいしょう》である芸妓の豊千代《とよちよ》が「何かの祟《たた》りかも」と言い、不調を訴えていたのはここ数日のこと。心配した九堂に呼ばれ、泉はここへやってきた。

しかし、ただの酒の飲み過ぎだとわかるや否や、途端に元気になった彼女は楽しげに舞っている。

「祟りだ何だと、人を呼びつける者に限ってほとんどは勘違いなのですよ」

「ははは、ごもっとも。でも、たまにはいいでしょう？」

九堂は賑やかな場所が好きで、このような遊びを好んだ。一代で財を成した男は豪快に金を使い、華族や役人との繋がりを広げている。

そんな九堂が若い頃から大事にしてきた豊千代は、「噂の呪術医に会えた」と喜んではしゃいでいたが、どんな話も外に漏らすことはなく、信頼のおける相手だった。

「医者だって役人だって、遊びの一つや二つ……。先生はもっと遊んだ方がいい」

「余計なお世話です」

「せっかく男前に生まれたのにもったいない。まぁ、ここで遊ぶのは滝沢のお嬢さんがいい顔をしませんか？」

九堂は、泉が瑠璃を嫁にもらうつもりで引き取ったと思っていた。

泉は「勘違いです」とそれを否定する。

「ただ飯炊きを頼んでいるだけですよ。成り行きで雇うことになったまでで、九堂様が思っているような関係ではありません」

橋口といい、九堂といい、なぜ自分たちをそういう間柄にしようとするのかと泉は呆れ交じりにため息をつく。

「一人で暮らすには、不便が多々ありましたから」

瑠璃には何も困っていないと言っておきながら、ここでは暮らしに不便があったから雇ったと説明する。

「ははは、そのわりには屋敷のことが気になって仕方ない、そんな風に見えます。泉先生はそのような人ではなかったでしょうに、お嬢さんが来てから先生は間違いなく変わられましたよ」

「何も変わってません」

そっけない返事をした泉は、再び盃に口をつけた。

(夕飯を作らせてしまったのに、食べずに出てきたから気になっただけだ)

昼過ぎに来るはずだった九堂が夕方頃に顔を出し、こうしてここへ連れてこられたのだ。瑠璃はすでに食事の支度を終えていて、もうまもなく米が炊けるという頃合いだった。

いってらっしゃいませ、と笑顔で見送る彼女はいつも通りに見えた。

(食事を無駄にするのは気が引ける。ただそれだけのこと)

誰に何を聞かれるでもないのに、泉はそんなことを繰り返し思う。

何気なく膳に視線を落とせば、海のもの山のものを贅沢に使った会席料理の端に添えられた金平糖などの砂糖菓子が目に留まる。

町へ出たとき、瑠璃がうれしそうに団子を頬張っていたのを思い出し、このような菓子も買って帰ってやれば喜ぶだろうかと、ふと思った。

でもその瞬間、「このようなことを考えるのはおかしい」とはっとする。

(俺は今何を? いつの間に、あの娘ありきで日常を考えるようになった?)

視えないことを口外しない代わりに、住み込みの奉公人として雇う。ただの契約関係だったはずが、気づけばその存在が自分の暮らしに溶け込んでしまっていた。

その顔立ちも、「先生」と呼ぶ声も、すぐに思い出せるくらいに当たり前の存在になっていることに気づく。

(別に……、瑠璃がいなくなっても他の者を雇えばいいだけで、暮らしに支障などない。鬱陶しい式神もいなくなるし、困ることなど何もないはずだ)

水無瀬との縁談話を聞き、すぐに「よいのでは?」と泉は言った。

華族令嬢として扱われてこなかったのは知っていたが、少々憐れに思うほど瑠璃は家事をそつなくこなした。ただし、彼女は世間知らずで純真で、よその屋敷や商家などで働けるかというとまた別の話になる。「新しい奉公先を見つけるより、どこかに嫁いだ方がよいのでは？」と泉は感じていた。

水無瀬との縁談を受ければいいと言ったのは本心からで、けれどそれが口から出るとほぼ同時に、「困る」と思った。

なぜだかわからないが、直感でそう思ったのだ。

(俺は何も困らないはずだ。世の中のものは、すべて代わりがきくのだから。——俺がそうだったように)

どれほど必要なように見えても、その者がいなくなれば代わりは現れる。誰も困らないし、そのとき困ったとしても時間が経てばすぐに慣れる。

(何かに執着するだけ無駄だ)

瑠璃のことも、いずれいなくなるのだと割り切って考えるのがいいと思った。

珍しくぼんやりしていた泉の姿に、九堂は真顔で尋ねる。

「恋煩いですか？　先生」

「そのような病は存在しません。それこそ気のせいでしょう」

予想外に情が移ってしまっただけ。泉はそう思った。

（もしや、伯父上が俺を引き取ったときも、こんな気持ちだったのだろうか？）
お人好しで、医者なのに暮らしに困るほど金がなかった伯父の姿が思い浮かぶ。
主君にもらったという瑠璃紺色の羽織を後生大事にしていて、どれだけ金に困って
もあれだけは売らなかった。
自分が苦労しても「誰かが幸せになればそれでいい」と笑っていた伯父は、気弱な
母にとって唯一頼れる肉親で、突然やってきた甥《おい》に対しても優しかった。
（こういうことになるから、人と深くかかわるのは嫌だったのだ）
情というものがいかに面倒なものであるかはよくわかっていたはずなのに、と少し
悔やんだ。
「そういえば、本当に何か変わったことはありませんでしたか？　うちの店に先生の
ことを聞きに来た人間がいたらしいです」
「俺のことを？」
九堂は、盃に酒を注ぎながら大きく頷く。
店の者は当然「呪術医であること以外はよく知らない」と答えたそうだが、それで
もしつこく尋ねてきたと言う。
帝都一の呪術医としてはこの界隈の人間に知られていても、「土志田泉」という名
まで覚えている者は少ない。付き合いのある者たちもその素性について話せるほどの

情報は持っていないのだ。

だからこそ相手も食い下がったのだとわかり、九堂は苦笑いだった。

「先生の昔を知っているのは、もう私くらいでしょう。陰陽師の名家の惣領《そうりょう》が死んだことにした人間を捜し出すなど、普通の人間にはできるわけがない。ただ、このような時代ですから何が起きるか……。いよいよ侍から刀を取り上げるという話も聞きますし、いつ何に巻き込まれるかわかりません。用心するに越したことはないですな」

泉は、少し前からときおり誰かの視線を感じていたことを思い出す。瑠璃と人形町へ出たときから、往診などで外出するたびに後をつけられている気配もあった。

(俺には毛倡妓の気配はわからない。あのときこちらを見ていたのは間違いなく人だ)

傍から見れば怪しげな仕事であることは承知していて、周囲を調べられることもないとは言えない。ただ、今回はタイミングがよすぎると思った。

「九堂様は、水無瀬家について何かご存じですか？」

調べられているとすれば、瑠璃を望んでいる水無瀬だろう。結婚相手の生活環境や素性を調べようとするのはよくあることだ。

九堂は「なぜ今その名が？」と疑問を顔に浮かべつつも、水無瀬家について話し始める。

「水無瀬家は、相変わらず羽振りがいいようですね。かねてより発言権の強い家でしたが、長男の水無瀬栄丞が太政官《だじょうかん》に入ってからは、さらに力を持っています。私も何度か見かけたことがあるくらい、あちこちに顔を出して支持者を増やしています」

「優秀な男なんですか？」

泉がそう言うと、九堂は苦笑いで首を傾げる。

「物は言いようですかね。確かに優秀ではあるのでしょうが、なかなかあくどいことをやっているらしいです。とはいえ、支持する者も多いし財力もあると思えば、出世するのは間違いありません。今から懇意にしておくのは悪くないかと」

実際に会ってみないことにはその人柄まではわからないが、金のにおいに敏感な九堂がまだ懇意になっていないという事実は、水無瀬を怪しむだけの理由になった。

（瑠璃が嫌がっていたのは、水無瀬が好ましい人物ではないと気づいたからか？　それとも……）

家を出た瑠璃と未だに結婚したいと思っている、という部分にも引っ掛かった。

（狙いは、巫女の力か？　だとすれば、強引な手を使ってくる可能性もあるな）

言い伝えの中でしか知らない、巫女の力。実際に瑠璃から何か予言されたことはなく、泉は瑠璃の能力を特別視していなかった。だがそれは泉にとって必要のない力だからで、巫女を欲する者からすれば何としてでも手に入れたいだろう。

（このまま放っておけば、どう考えてもロクなことにはならない）

そんな気がした泉は、盃に残っていた酒を一気に呷《あお》る。

「用事を思い出しましたので失礼します」

盃が膳の縁に当たり、カンッと高い音を立てる。

立ち上がった泉は、すぐに座敷を出て行った。

女たちの名残惜しそうな視線には目もくれず、確かな足取りで階段を下りていく。

「あら、先生。おかえりですか？　こちらをどうぞ」

「あぁ、助かります」

顔なじみの女主人が、真っ白な手で提灯《ちょうちん》を差し出してきた。

それを受け取り外に出れば、真っ暗闇の中にいくつもの灯籠《とうろう》や行灯《あんどん》が光っていて、西の空には大きな満月が見えた。

秋にしては冷たい風が頬を撫で、酒の入った体にはちょうどいい心地よさだった。

（瑠璃と話をしなくては）

泉はまっすぐに前を見て、足早に屋敷を目指した。

【五】漆黒の扇

朝、目が覚めて部屋を出た瑠璃は、奇妙な光景に目を丸くしていた。

襖を開けた瞬間、廊下の柱にもたれかかり眠っている泉を見つけたのだ。

「先生？」

「寝ていらっしゃる……？」

そっと傍らに膝をつき、固く目を閉じたその寝顔をまじまじと観察する。かすかに寝息も聞こえ、胸も少しだけ上下している。顔を寄せれば少しだけ酒の匂いがした。

（よかった。本当に寝てるだけだわ）

泉は、昨日は夕方から九堂と共にでかけていって、瑠璃が眠りにつくまでに帰ってくることはなかった。

泉が仕事をするのは夜と決まっているので夜通し出かけることもあるだろうと思ったが、朝になり廊下で眠っているのは瑠璃が知る限りでは初めてのことだ。

ひんやりとした冷気が漂う廊下で、このまま寝かせているのはまずいだろうか。心配になり、別室に干してあった瑠璃紺色の羽織を取ってきて泉にかける。

（なぜここで？　お部屋に戻れないくらいに酔う性分ではなさそうなのに……）

柱に背中を預け腕組みをして眠っているその体勢は、まるで瑠璃が起きてくるのを待っていたように思える。

でも、彼がそうまでして自分を待つ理由が思い当たらなかった。

（きっと酔いが回って、ここで力尽きたんだわ。たまたま柱があったから）

自問自答の末、そう結論づけた瑠璃は、食事の支度をしようと思い立ち上がる。そして、自室の襖を閉めるために振り返ってぎょっと目を瞠った。

「ええええっ!?」

襖の廊下側に、いくつもの護符がびっしりと貼られている。

瑠璃が眠っている間に、泉が貼ったのだと思われた。

墨で書かれた文字は随分と古い文字のようで、瑠璃には読めない。ただ、何か強力な護符であることは何となく伝わってくる。

（私は、封印が必要な悪霊だったのでしょうか……？）

いや、そんなはずはない。瑠璃は頬に右手をあてて考えるも、なぜ泉がこんなことをしたのかまったく見当がつかなかった。

ただ、今のところは自分の体に異変はなく、いつも通り元気である。

あまりに突然のことで驚いたが、何も変化がないなら大して騒ぐことでもないような気がしてきた。

(お昼には先生も目を覚ますでしょうし、今は食事の支度を優先しましょう)

考えても仕方がない。頭を切り替えた瑠璃は、トタトタと軽い足音を立てて厨房へと向かった。


空は見事な秋晴れで、今日は過ごしやすい一日になりそうだ。

薄紅色の小袖を着た瑠璃は、泉が目覚めたらすぐに食事がとれるように支度を整え、近くの通りまで卵を買いに行った。

あさけの町に卵売りがやってくるのは三日に一度。瑠璃はそれを楽しみにしていた。着いたときにはすでに行商人がいて、持ってきた籠に卵を入れてもらう。

「よかった、新鮮な卵が買えて」

上機嫌で、今来た道を戻っていく瑠璃。落とさないように籠を両腕でそっと抱え、人とぶつからないように気を付けながら歩く。

ところがそのとき、ふと眩暈がするような感覚になった。

「あ……」

ぐらりと上半身が前に傾き、視界が真っ暗になる。

籠を落とすまいと胸にそれを抱き、よろめきながら神社の大壁にもたれかかってどうにか堪えた。

『瑠璃！』

勾仁の声がして、その腕に支えられる。こめかみに冷や汗を滲ませた瑠璃は、目を閉じてしばらくの間じっとしていた。

（これは、夢？）

真っ暗な視界に、ぼんやりとした光が浮かんで見える。

今まで見慣れた道を歩いていたのに、どこか知らない武家屋敷の前にいた。これはこの先起こる出来事なのだと、直感でわかった。

（あの人は泉先生？）

青い長着に黒い羽織姿の泉が、風呂敷を片手に武家屋敷から出てくる。その直後、浪人たちが泉を取り囲み、問答無用で一斉に斬りかかった。

「やめて！」

瑠璃が悲鳴を上げると、意識が現実に引き戻される。

泉がどうなったかまではわからず、あの場で怪我をするのかそれとも死んでしまうのか、後のことはわからない。

目の前にあるのは自分の震える手のひらで、恐怖で瞬きすらできなかった。はぁはぁと荒い呼吸を繰り返すうちに、ようやくまだ何も起こっていないと理解し始める。

『瑠璃、何を視た⁉』

「先生が……！」

縋るように勾仁を見つめ、白昼夢で未来を視たことを説明する。

「先生が浪人に襲われるのを視ました。大きな松の木が二本、壁から道に枝を伸ばしているお屋敷の前です。それにあの着物……、あれはこれから寒くなると思って、一昨日洗って干しておいた物です」

日中に未来が視えたのは初めてで、本当に起こることなのかは確信が持てない。けれど、とにかく泉に知らせなければと瑠璃は焦った。

『瑠璃、立てるか？』

白昼夢を視ている間に地面に座り込んでしまっていて、そばには籠が落ちている。卵は無事だが、瑠璃は腰が抜けて立てそうになかった。

「足が震えて……」

今すぐ伝えに行きたいのに、思い通りにならない足が腹立たしい。

人目があるときに、勾仁に運んでもらうわけにもいかなかった。

足を手でさすりながら「動け」と念じていると、目の前に薄茶色の袴《はかま》の裾が現れる。

「こんなところでなぜ座り込んでいる？」

その低い声は、少々困惑ぎみだった。

驚いてぱっと顔を上げれば、こちらを見下ろす泉の姿がある。

(どうしてここに?)

泉は座り込んでいる瑠璃を見つめ、怪我がないか確認するように視線を動かす。

「まったく、いないと思って捜しに来てみれば」

泉は呆れた顔でそう言いながら、瑠璃の前にしゃがみ込んだ。

「足首をひねったのか?」

「いえ、そういうわけでは……」

地面に落ちていた籠と卵を拾い集めた泉は、その顔を上げて瑠璃の返事を待つ。

でも、瑠璃は何か言うより先に、涙を浮かべて泉に抱き着いた。

「先生!」

「なっ……、どうした!?」

「先生、よくぞご無事で……!　お会いできてうれしいです!」

支えきれずにドンと尻餅をついた泉は、わけがわからないといった様子だった。

「よかった、本当によかったです!　先生が襲われる前に会えてよかった……!」

「たった今おまえに襲われているんだが……?」

しかもこんなに人目のある場所で、と泉は周囲をちらりと見る。ただし、瑠璃にとっては泉が今ここに無事でいることが何より大事で、人目を気にする余裕はなかった。

強く抱き締めれば、確かに先生は生きているのだと安心でき、汗の匂いも心臓の音も、泉が無事なのだと教えてくれる。

『瑠璃、落ち着け』

背後から伸びてきた手は、勾仁のものだった。

ふと我に返った瑠璃は、砂だらけの着物の裾やもう一度地面に転がった卵を見て、「あら」と小さな声を上げた。

「何なんだ、一体」

泉は大きなため息をつき、右手で髪をかき上げながら疲れた表情を見せる。

「これは大変な失礼をいたしました」

今さら自分のしたことが恥ずかしくなり、瑠璃は俯いて謝罪する。

「面倒だから謝罪はいい。……自分で立てるな？」

答えを待たず、泉は立ち上がって己の袴をぱんぱんと手で払い始めた。瑠璃もゆっくりと立ち上がり、裾についた砂を手で軽く払って落としていく。

「話は戻ってから聞こう。いいな？」

「は、はい……！」

瑠璃は急いで卵を拾い集め、周囲を警戒しながら泉の後にぴったりとくっついて戻っていった。

泉縁堂に帰ってきた二人は、泉が仕事で使っている奥の間で向かい合って座り、互いに黙ったまま話を切り出せずにいた。

今すぐ白昼夢のことを伝えたい、そんな思いとは裏腹に口を開くことができない。

（主人よりも先に話し始めていいのかしら……？　でも今は先生のお命が懸かっているし、そんなことを気にしている場合じゃない）

正面にいる泉は、難しい顔をして何やら言葉を選んでいるように見える。

「…………」

「…………」

長い沈黙に耐えられなかったのは、瑠璃でも泉でもなく勾仁だった。

『おい、おまえはもうすぐ死ぬそうだ』

扇の端を泉の肩に突き付け、突然にそう言った勾仁を見て瑠璃は焦る。

「ほぉ、俺が死ぬ？　それならおまえを道連れにしてくれる」

『ははっ、たかが人間に式神は殺せぬ』

この二人が仲良くなることはないらしい。

瑠璃は、いがみ合う二人の会話に強引に割って入った。

「いえ、死ぬというわけでは……、先生が浪人たちに襲われる夢を見たのです」

さきほど視た白昼夢は、今思い出してもゾッとする。瑠璃はまた恐ろしくなり、自分で自分の身を抱き締めるようにして話した。

夢の内容を聞いた泉は、自分が出てきたという屋敷に心当たりがあるようだった。

「おそらく橋口様の屋敷だな。二本の松の木があり、その枝は壁の外へ出ている」

伯父の土志田基孝が懇意にしていたこともあり、泉はたびたび橋口邸を訪れていた。

今の時点でその予定はないが、先日渡した薬が切れる前に持っていくことになっても不思議ではないと泉は言う。

「屋敷を出てすぐに襲われるとは、俺を亡き者にしろと命じた奴がいるんだろう」

『二十三年の人生か、人とは儚いものだ』

「ははっ、悠久の時を生きるのがよいとは限らん。太く短く、それもまた人生だ」

泉は、やや苛立った様子で勾仁に反論する。

「そうは言っても、ここでおとなしく斬られてやる義理などない。第一、浪人風情が何人集まろうが俺は殺せない」

一見すると、泉は腕っぷしの強い雰囲気ではない。弱そうでもないが、大勢に取り囲まれて立ち回れるかというとそこは不安が残る。

ただし、瑠璃の心配をよそに本人は飄々《ひょうひょう》としている。

襲われる可能性がある、という予言を受けても動じた様子はまったくなかった。それどころか、面白がるかのように口角を上げて何やら企み顔に変わっている。

「俺を消せば事がうまく運ぶと考えたか？　存外、気が短いな」

「先生？」

くすりと笑った泉は、口元に右手をあてて一人で思案し始めた。

（もしや犯人にお心当たりがあるのかしら……？）

不安が拭いきれない瑠璃は、勾仁を見て言った。

「勾仁、しばらくの間は先生のそばについていていてくれませんか？」

「は？」

いきなり何を言うのだ、と泉は嫌そうな顔になる。勾仁もその美しい顔を歪《ゆが》め、無言で拒絶する。

「先生のお命が助かったとしても、怪我を負ってしまうかもしれません。浪人に斬られなくても、松の枝が頭に当たって死んでしまうとか、そういう可能性も……」

『それはもう諦めればよいのでは？』

そこまで運が悪いのはどうにもならん、と勾仁はあっさりと見捨てようとした。

でも、瑠璃は諦めたくなかった。

「お願いします。この男は殺しても死なぬだろう」

『断る。この男は殺しても死なぬだろう』

「今回ばかりは俺も式神と同意見だ。第一、こんな奴を引き連れて歩いていたら、絶対に面倒なことになる」

『貴様、瑠璃の厚意を無下にするつもりか！　泣いて喜び、助力を乞え』

「うるさい、この悪神め！」

またもや言い争いになってしまった二人を前に、瑠璃は頭を悩ませる。

自分に泉を守る術はなく、できることと言えば勾仁についていてもらうことだけだ。

それ以外にはない。

「先生がご無事でいてくださるなら、私のことは封印でも何でもしていただいて構いません。どうか勾仁をおそばに置いてください」

「封印とは何の話だ？」

必死で頼み込む瑠璃に、泉が聞き返す。

瑠璃は、廊下の方を指さして答えた。

「え？　襖に護符をたくさん貼っていましたよね？　昨夜、私が眠っているうちに」

「あれは……」

きょとんとする瑠璃に、泉は気まずそうに言った。

「おまえが水無瀬に無理やり連れ去られぬよう、念には念をということでだ」

「水無瀬様に？」

「あの男がよからぬことを方々でしていると、九堂様から聞いて……。出世のためなら何でもするような人間は多い、だからおまえが……」

「心配してくださったのですか？」

心底驚いたという風に目を丸くする瑠璃に対し、泉は「違う」と即座に否定する。

(勾仁がいる間は、あの方が何かしてきたとしても私は大丈夫なのに)

きっと泉もそれはわかっていて、それでも守ろうとしてくれた。そう思うと、瑠璃はうれしくて堪らなくなった。

(迷惑をかけているのに、心配されることがうれしいなんて)

さっきも自分を外までわざわざ捜しに来てくれたのは、彼の優しさだったのだと今になって気づいた。

「違うからな？　これ以上、面倒事に巻き込まれぬようにと、先に手を打っておこうとしただけだからな？」

「はい」

うれしそうに笑う瑠璃とは対照的に、泉は苦しげな表情で「こんなはずではなかった」と呟く。

『瑠璃、もしかすると泉を狙う犯人はあの水無瀬という男なのでは？　雇い主のこいつさえいなくなれば、瑠璃は路頭に迷う』

勾仁の言葉に、これまで幸せそうに笑っていた瑠璃の顔が一気に青褪める。

『あの男、相当な量の怨念が付きまとっていた。これまでにも数々の人間を虐げ、命を奪ったことすらあるのかもしれん。夢のことも、水無瀬が絡んでいると考えるのが自然だろう？』

「私のせいで先生が……」

面倒をかけるどころの話ではない。

（もしもそうなら、私はとんだ疫病神……！　私さえ結婚を承諾しなければそのうち諦めてくれるなんて、考えが甘かったんだわ）

瑠璃は、両の手でぎゅっと衣を握り締める。

相当な恨みを買っているであろう、黒い怨念に絡みつかれた水無瀬の姿を思い出せば、卑怯な手を使うのも納得がいく。

先生に何とお詫びすればいいのか、と瑠璃は愕然とする。

「も、申し訳……」

「式神、その話は本当か？　水無瀬に怨念が、という部分だ」

謝ろうとする瑠璃の声を遮り、泉は勾仁に問いかける。

『あぁ、本当だ』

それを聞くと、泉は「なるほど」と小さく呟き、にやりと笑った。

かすかに涙の滲む目で、瑠璃は泉が思案する顔を見つめる。

すると、泉はスッと立ち上がり、部屋の片隅にある戸棚を開けた。

漆塗りの戸棚は古い物で、瑠璃は中に何が入っているのか知らなかった。

「先生……？」

泉が取り出したのは、紫の紐《ひも》がついた漆黒の扇。勾仁の持っている物と似た黒骨の飾り扇子で、ただし禍々しい気を放っている。

「この呪いの扇は、怨念や災いを好む」

四百年以上も前、戦乱の世に生まれたこの扇はこれまで数々の怨念を吸ってきたという。それほど時が経っているのに、今なお美しさを保っているのも不気味である。

「久しぶりに使ってやるとするか」

扇を手にした泉は、ゆっくりと振り返る。

「人の穢れは一日にして成らず。怨念に憑かれた男に、俺の周りをうろうろされては迷惑だからな。道具の手入れをすると思って、その怨念を利用させてもらおう」

たかが町医者と侮られている今がちょうどいい。泉は扇を広げ、そう言って怪しげに笑った。

数日後、昼間の泉縁堂にまた水無瀬がやってきた。

ただし、今度は瑠璃を雇っている主人に用があると言う。

(できればお帰りいただきたかったけれど……)

瑠璃が巫女の力で先を視たとはいえ、この時点で彼はまだ何もしていない。無理やり瑠璃を連れ去ろうともしていなければ、泉に危害を加えてもいない。

ご挨拶を、とやってきた人間を追い返す理由はなかった。

「初めてお目にかかります。水無瀬栄丞と申します」

「泉縁堂の主《あるじ》、土志田泉でございます」

水無瀬が通された客間には、掛け軸のそばに例の扇が飾ってある。

向かい合った二人はどちらも好青年に見え、和やかな雰囲気を醸し出していた。

(先生のこの笑顔、久しぶりに見たわ)

滝沢家を訪れたときと同じ泉の笑みは、明らかに「仕事用」であると今の瑠璃にはわかった。

(まったく友好的でない相手にも、こんな風に笑えるってすごい)

思わず、じっと見つめてしまう。

一方、水無瀬の方も泉と同じく穏やかな笑顔だ。今日も彼の周りには黒い怨念が蛇のように纏わりついていて、瑠璃は一瞥だけしてさりげなく目を逸らした。

「本日は、お願いがあって参りました」

泉の隣に座る瑠璃をちらりと見て、水無瀬が用件を告げる。

「滝沢瑠璃さんを、私の妻として迎えたいと思っております。土志田様には何とぞご恩情をいただければと……」

丁寧に許可を取りに来たように見えて、「ご恩情を」という言葉の陰には瑠璃を憐れんでいることが伝わってくる。

（華族令嬢が奉公人だなんて憐れだから、さっさと手放してやれと……）

私は断ったのに、やはり諦めてはくれないのかとがっかりした。

水無瀬の申し出に対し、泉はあらかじめ用意してあった返事をする。

「本人の意思に任せます」

ここで初めて泉が瑠璃を見た。

瑠璃は、はっきりと自分の気持ちを口にする。

「お断りいたします。私はここにいたいのです」

このように申し上げております、と泉が困ったように笑えば、水無瀬はいかにも自分が正しいことを言っている風に理屈を並べ始めた。

「お言葉ですが、瑠璃さんは滝沢家の一人娘です。このまま奉公人に成り下がるよりも、水無瀬家に嫁ぎ、正当な扱いを受けるのがふさわしいのではないでしょうか？

瑠璃さんには、幸せになる権利があります」

「幸せになる権利、ですか？」

おまえに嫁ぐことが幸せだとでも？

口にこそしなかったものの、泉が内心ではそう思っているのが伝わってくる。

水無瀬は、そんな泉の気持ちには気づかず主張を続けた。

「瑠璃さんがいなくなるとお困りになる、ということであれば水無瀬家から有能な使用人を差し上げましょう。奉公人の代わりなどいくらでもいますが、瑠璃さんは違います。私が金でも何でもご用意いたしますので、どうか瑠璃さんを私にください」

まっすぐに泉を見つめて説得しようとする水無瀬は、自分の傲慢さに気づかない。

瑠璃を華族令嬢だと言いながらも、貧しい奉公人が米や金子と引き換えにされるのと同じように、条件を出し、瑠璃を渡せと迫る。

（聞けば聞くほど、この人は私を物として見ているのがよくわかる）

先生はどう答えるのか。水無瀬のしつこさに少々不安を抱いた瑠璃が隣にちらりと目をやると、泉は変わらず余裕の笑みを浮かべていた。

「何か勘違いしておられるようですが、瑠璃は奉公人ではなく療養している患者です」

「は？」

泉の言葉に、水無瀬だけでなく瑠璃も目を見開いて驚いた。

（まだ療養の話は続いていたんですか、先生!?）

すっかり忘れていた、と瑠璃は目を瞬かせる。

「患者を売っぱらうなど、そんなことができるわけないでしょう？」

ははは と明るく笑う泉に、水無瀬は苛立ち始めた様子でぐっと拳を握り締めていた。

彼が腹を立てているのが伝わってくる。

「土志田様は、瑠璃さんをどうなさるおつもりですか？」

「どう、とは？」

「瑠璃さんが巫女であることは、わかっておられるのでしょう？」

水無瀬の問いかけに、瑠璃はどきりとした。落ち着いて……、と自分に言い聞かせるも、次第に大きくなる心音は収まらない。

御託はいいから巫女を寄こせ、そんな本音を見せ始めた水無瀬に対し、泉はあくまでどこにでもいる町医者の立場を崩さずに答えた。

「巫女など迷信では？　私は、そのような存在を妄信する性分ではございません。まさか、水無瀬殿は信じているのですか？」

「…………」

「人は、その手に余る力を持つべきではありません。それに、手に余る力を持てる者もそうはおりませんよ。不確かな存在に振り回されるのは、時間の無駄です」

にこやかに見えて、その実は「巫女がいたとしてもおまえには使いこなせない」と諭している。その真意に気づいた水無瀬は険しい顔つきで泉を睨み、ここへ来たときとはまるで別人のような雰囲気に変わった。

「あなたは水無瀬家を愚弄するのか？　このような扱いは初めてです……！」

「まさか」

「あなたのお考えはよくわかりました。これ以上はそれこそ時間の無駄です」

名家の跡取りとしてもてはやされてきた水無瀬にとって、自分の思い通りに事が運ばないのは許せないらしい。もう不機嫌さを隠そうともせず、スッと立ち上がった。

（でも、これでは先生のことを逆恨みするのでは？）

心配する瑠璃をよそに、泉はすました顔で茶をすすった。しかも、わざと明るい声音で「いい天気だな」と、瑠璃に笑いかける。

（水無瀬様を挑発してどうするのですか!?　先生！）

案の定、水無瀬はさらに苛立った様子で泉を睨んだ。

「後悔しますよ」

客間を出て行く直前、水無瀬は再びこちらを振り返って言った。

「――ここはよい場所ですね。欲しがる者も多いでしょう」

それは、瑠璃を差し出さなければこの町から出て行くことになるぞという、露骨な脅しだった。

だが、泉は笑顔で答える。

「ええ、とてもいい場所ですよ。患者が居着くくらいには。あと猫も」

「猫？」

何を言ってるんだ、と眉根を寄せた水無瀬だったが、これ以上は付き合いきれないといった風に出て行った。しばらく後に玄関の戸を乱暴に閉める音がして、客間は嵐が過ぎ去ったかのような静けさが広がる。

（この後どうするのかしら……？　やはり先生を狙って浪人を雇うの？）

一抹の不安はあれど、泉はいつも通りの様子で饅頭《まんじゅう》を食べ、茶を飲んでいる。

「気にするな。……食え、時間が経つと固くなるぞ」

「いただきます」

大きめの楊枝《ようじ》をつまみ、饅頭にそっと差し入れる。

おいしそう、と思った瞬間にふとさっきのことを思い出した。

「先生、猫って何のことですか？」

思い当たるのは毛倡妓のことだが、ここしばらく姿を見ていない。

不思議そうに尋ねる瑠璃に向かって、泉は少しだけ笑って言った。

「昨夜のうちに、母屋以外の結界をいじっておいた。すぐさま毛倡妓がやってきたから『明日は瑠璃にちょっかいをかける悪い奴が来るぞ』と伝えておいた」

「毛倡妓に話しかけたのですか？　先生が？」

あれほどあやかしと馴れ合うなと忠告してきた泉に、一体どんな心境の変化があったのだろうと疑問だった。

「使えるものは使う。それだけだ」

「使える、とは……？」

泉と毛倡妓は、会話はできない。だが、毛倡妓は人の言葉を理解しているため、瑠璃を守ろうとして水無瀬を攻撃するのではと予想がつく。

「怪我はさせるなと言ってある。扇の出番がなくなるからな」

泉はちらりと板の間に視線をやる。

そこには漆黒の扇があり、今のところ何も変化はない。

「今頃、水無瀬の乗ってきた馬車は周りを猫たちに囲まれて動けなくなっているかな？　あいつは苛立つだろうが、被害はせいぜいその程度だろう」

「そうでしょうか？」

瑠璃は首を傾げる。

(毛倡妓は、もっと相手が嫌がることをしそうですが)

それから数時間後。往来に車輪の外れた馬車が置き捨ててあると魚売りの行商人から聞いた瑠璃は、毛倡妓の仕業だと察する。

(普通の猫ならともかく、毛倡妓なら車輪を壊すくらいできるものね)

それにしても、思わぬところで町の人にも迷惑をかけてしまった。瑠璃は「騒ぎを起こして申し訳ない」と小さくなるのだった。


波打つようなすすきに、きらきらと陽の光が降り注ぐ。

瑠璃は縁側に座り、膝の上で昼寝をする毛倡妓の背を撫でながら泉の帰りを待っていた。すでに夕飯の支度も終えていて、何をしても落ち着かず困っていたところに毛倡妓がやってきたのだ。

今、母屋の縁側だけは毛倡妓が入ってこられるようになっている。

(先生は大丈夫よね? 勾仁もついてるし……)

橋口菊から「形見分けをしたいのでご足労願いたい」と文が来たのは、つい先日のことだった。

形見分けとは、亡くなった者の遺品を皆で思い出として分け合うことだとばかり思っていたが、泉によれば、生きているうちに自らの手で家族や友人らに譲りたいと考える人もいるらしい。

（橋口様は持病もあるし、二年前にご夫君を亡くしているから、思うところがあったのかもしれない）

文を受け取った泉は、「これか」と呟いた。

瑠璃が視た白昼夢では、泉は橋口邸を出たところで浪人たちに襲われる。それがいよいよ現実になる可能性が高まり、しかも泉はあえて夢と同じ青い着物を着て出かけていったものだから心配で仕方がなかった。

（先生が襲われるだけじゃない。ほかにも……）

あれから水無瀬が泉縁堂を訪れることはなかったものの、泉縁堂の土地建物を買い上げようとする者が現れていた。

帝都では大名屋敷や田畑が次々となくなり、新しい建物が建つのは珍しくない。交渉にやってきた男性も、慣れた様子で「今が売り時だ」と言っていた。

瑠璃は、そもそも土地が売り買いできるようになったことを知らなかったので、交渉しにやってきた男の話を聞いて随分と驚いた。

明らかに、水無瀬からの嫌がらせである。

泉は「売る気はない」とさらりと断り、露骨に脅し文句を使ってきた男を強気の姿勢で追い返した。

勾仁が、交渉人の男性に壺ごと塩を投げつけもした。そのせいか彼が再びここを訪ねて来ることはなかったが、瑠璃は「すべて自分のせいだ」と胸を痛めていた。

『あ、帰ってきた！』

ピンと耳を立て、何かを察知した毛倡妓が瑠璃の膝から飛び降りる。

毛倡妓は裏庭から、瑠璃は玄関から門の前まで走っていった。

泉には「帰ってくるまで決して母屋から出るな」と言われていたものの、今か今かと待ちわびていた瑠璃は草履が脱げそうになるほど慌てて駆けていく。

『瑠璃、戻ったぞ！』

ズルズルという何かを引きずる音と共に、勾仁と泉の姿が目に飛び込んでくる。

勾仁はその手に白い平紐を握っていて、先には浪人が三人括《くく》りつけられていた。

『何これ、汚い男たちね。連れてくるなら男前にしなさいよ』

毛倡妓が呆れた声でそう言った。しっしっ、と小さな手を動かしている。

浪人らは全員気を失っていて、かまいたちに出会ったかのように、あちこち鋭い切り傷だらけである。

「この方たちは？」

聞かずともわかったが、念のため聞いてみた。

「俺を襲ってきた者たちだ」

泉によると、彼らについている傷は護符の作用だそうだ。

「一人はわざと逃がしたが、話を聞いてみなければと思って連れて帰ってきたのだ」

そう話す泉に怪我はなく、青い衣にも汚れ一つない。その手に持っている、橋口からもらった風呂敷包みも無事なようだった。

（よかった。先生がご無事で、本当によかった）

心の底から安堵した瑠璃は、思わず大きく息をつく。

泣きそうになるのを必死で堪えた。

「護符もあるし、多少は腕に覚えがある。今朝も大丈夫だと説明しただろう？」

「理屈ではないのです、ただ、とにかく心配で」

泣き笑いのようになる瑠璃を見て、泉は困った顔で少しだけ笑う。だがすぐに浪人たちに視線を落とし、「とりあえず納屋に放り込むか」と言った。

『依頼主を吐かせるのか？　力ずくでやるなら手を貸してやろう』

勾仁の言葉を、瑠璃は泉に伝える。

ところが彼は「その必要はない」と断った。

「拷問などしなくとも、体内に蟲を入れてやれば素直に話してくれるさ」

「蟲とは？」

「術で幻覚を見せるんだ。無数の……」

「すみません、やっぱり聞きたくないです」

背筋がぞくりとして、瑠璃は泉の言葉を遮る。

そんな恐ろしいことを想像したくもなかった。

「水無瀬は気が短いと思ったが、俺もそれほど気が長い方ではないんだ」

『泣いて怖がる様子が目に浮かぶ。さっさとやれ』

上機嫌の勾仁は、浪人たちを引きずって納屋へと運んでいく。

毛倡妓も『面白そうだわ』と言って、その後をついていった。

瑠璃はとても一緒に行く気にはならず、顔を引き攣らせ立ち止まったままだ。

「来なくていい」

「え？　でもこの件は私のせいで……」

恐ろしくても目を背けるのはよくない。そう思っていた瑠璃だが、泉は「違う」ときっぱり否定した。

「きっかけは何であれ、あいつに喧嘩を売られたのは俺だ。浪人共も、ここを寄こせと言ってきた連中も、すべて俺の客だからおまえは首を突っ込むな」

別にこれくらい面倒でも何でもない、彼はそんな口ぶりだった。

そして「本当にいいのか」とまだ迷いを見せる瑠璃に、持っていた風呂敷包みを押し付ける。

「これを」

「あ、はい」

受け取った荷物からは、上品な白粉《おしろい》の香りがした。中身は女性の着物や帯らしい。

なぜ、男の泉に女性用の着物なのか？

瑠璃の疑問を察し、泉が先に答えた。

「刀や骨とう品は不要です、と俺が伝えたからだ。これは、おまえにと」

「私に、ですか？」

「孫は男ばかりで、貰い手がないらしい。普段の生活では不要な上物ではあるが、これから瑠璃にまともな縁談が来たら役に立つかもしれんな」

そう言うと、泉は勾仁らを追って納屋へと歩いていく。

瑠璃は風呂敷包みと泉の背中を交互に見つめ、「本当にもらっていいのだろうか」と戸惑っていた。

（あ……、懐かしい香り）

母が生きていた頃、こんな香りを嗅いだ気がする。これは橋口から譲ってもらった物で母の物ではないとわかってはいるが、懐かしさに思わず気持ちが和らいだ。

何も心配することはないのだと、不思議と安らいだ心地になる。

（たとえまともな縁談が来たとしても、私はここを選ぶのでしょう）

瑠璃は風呂敷包みを大事に抱え、母屋へと入っていった。

◆◆◆

陽が落ちるのが日に日に早まり、帝都の一角では異国から取り寄せたという最新式のガス灯が夜の街を煌々と照らす。

今宵《こよい》、新橋の花街に集まった政府高官や華族ら権力者たちは、派閥の勢力を強めるべく手を取り合おうと意気込んでいた。

（何もかも順調だ）

ここに招かれていた水無瀬は、周囲の者たちと酒を酌み交わしながら心の中でほくそ笑む。

出世のために、徹底的に敵を排除し、親戚や友人でさえも利用した。敵対する家は金の力と謀略で蹴落とし、ときに邪魔な人間を暗殺したこともある。「弱者は淘汰《とうた》されるのが世の条理」という考えから、良心が痛むことは一度もなかった。

彼が瑠璃を求めたのは、かつて徳川を支えた巫女に拝謁したことがあるという祖父の影響だった。

『巫女がそばにいれば、これから先に起こることが見通せる。水無瀬家に来てくだされば、ますます我が家は繁栄することだろう』

幼い頃からそう聞かされてきた彼は、瑠璃が巫女であるらしいと知ったとき「これこそ天命だ」と歓喜し、己の人生の勝利を確信した。

（水無瀬家の跡取りとして、必ず巫女を手に入れてみせる）

瑠璃が所在不明になったのは想定外だったものの、泉縁堂という怪しい診療所で奉公人として働いているとわかるまでにそう苦労はしていない。

初めて会いに行ったとき、瑠璃が自分を怖がったのは「滝沢家で虐げられてきたせいだろう」と解釈し、拒絶されているとは思っていなかった。

これまでたくさんの女性に囲まれ、想いを寄せられてきたという自信があった彼にとって、瑠璃が自分との結婚よりも泉縁堂での奉公を選んだのは心外であり、また、ただの町医者である泉に軽くあしらわれたのは生まれて初めての屈辱だった。

（歯向かったことを後悔させてやる……！　あの男のすべてを奪った後で、滝沢瑠璃から『助けてください』と言わせてやろう）

泉に刺客を差し向けたのは、彼の命を奪うことが目的ではない。

瑠璃の巫女としての能力を試すためだった。

戻ってきた浪人の一人から「まるで今日襲われることがわかっていたようだった」と聞き、水無瀬は「やはりそうか」と震えるほど喜んだ。

（襲撃の情報が漏れていたとは考えにくい。町医者ごときが浪人らを退けられたのは、やはり巫女の助言があったからだろう）

報告があった「怪しげな術を使う」という部分は警戒しなければいけないが、今度は何重にも罠《わな》を仕掛ければいい。相手は一人、勝ちは見えていると驕《おご》っていた。

（屋敷に火でも放ってやろうか？　あの一帯が燃えて更地になれば、こちらとしても都合がいい。町人などいくら死んでも世の動きに影響はないし、すべては巫女を差し出さなかった土志田泉が悪い）

料亭で見せる爽やかな笑顔の下で、水無瀬はそんな恐ろしいことを考えていた。

隣に座る口髭《くちひげ》を伸ばした洋装の男性は、水無瀬からの酌を受けてこう言った。

「水無瀬くん、活躍の噂は聞いているよ。内務省の者としては、ぜひとも手を取り合っていきたいと期待しておる。どうかそのつもりでな」

「はい……！　吉川《よしかわ》様のご期待に添えるよう、精進いたします」

吉川は、水無瀬がずっと繋がりを持ちたいと思っていた官僚だった。盃に注がれた酒は、これまで飲んだどの酒よりうまく感じられる。

この先も出世は間違いないと、信じて疑わない。

「しばらくの間、お目にかかれませんでしたのでどうなさっているかと案じておりました。どこか遠方へお出かけでしたか？」

「あぁ、この近くの別宅で休んでいたのだ」

「おや、そうでしたか。……お体の具合でも？」

見たところ、とても健康そうに見える。水無瀬は吉川の様子を窺いながら尋ねた。

「ははっ、実は私を妬む者から呪詛を向けられてな」

ある日突然、体が石のように重くなったのだと吉川は話す。意識ははっきりしているのに体が思うように動かせず、酷く苦しい思いをしたと彼は語った。

「今はもうそれが解けたのですね。ご快癒おめでとうございます」

「うむ、君も気を付けた方がいい。我々のような立場にいると、必ず理不尽な嫉妬が向けられるからな」

「恐ろしいことがあるものですね。ところで、どのようにして助かったのですか？ぜひお聞かせ願いたい」

陰陽寮が廃止されたとはいえ、あやかしや呪いの類が消えてなくなるわけではない。

吉川が助かったのは、どこか陰陽師の一族に依頼したからだろうと水無瀬は予想した。

「それは……」

吉川が口を開いたそのとき、座敷に一人の客が入ってくる。

穏やかな笑みを口元に浮かべ「遅ればせながらやって参りました」と告げるその青年に、水無瀬は思わず目を瞠った。

（土志田泉⁉　なぜここへ……！）

ここには政府関係者や華族しか招かれていないはずだった。

しかも、あちらは目が合っても特に驚く様子はない。

言葉を失う水無瀬をよそに、吉川は泉に向かって右手を軽く上げて笑顔を見せる。

「おぉ、ようやく来たか」

「吉川様、彼をご存じで……？」

「腕のいい呪術医だ。彼こそが私の命の恩人だよ」

そんなばかな、と絶句する水無瀬の近くに泉がゆっくりと歩いてくる。

吉川は自分の部下を移動させ、隣に泉を座らせた。

「何度も誘った甲斐があった。ようやく来てくれたな！」

上機嫌の吉川に対し、泉は人のよさそうな笑みを浮かべて返事をする。

「お招きいただきありがとうございます。お元気そうで何よりです」

ちらりと水無瀬を見た泉は、さも初対面であるかのように挨拶をした。「初めまして」と笑顔で言われれば、吉川の手前「何をしに来た⁉」とは言えない。

ぐっと感情を堪え、水無瀬も平静を装い挨拶を返す。

（一体何を企んでいる……！）

自分が襲えと命じた相手が、これから取り入ろうとしている相手と親しげに酒を呑んでいる。予想外の状況に、水無瀬は動揺した。

しかも、最初は吉川の健康状態や仕事の話をしていた二人だったが、会話内容が「近頃の困り事」に及ぶと途端に冷や汗が吹き出した。

「実は、泉縁堂の土地建物を売れと言ってくる強引な輩《やから》がおりまして」

悲しそうに目を伏せた泉は、誰の目から見ても落ち込んでいるように見える。「あさけの町から追い出されるかもしれません」と悲哀たっぷりに言えば、吉川は同情し憤りを見せる。

「使用人も患者も心配しておりまして、私としては皆にそんな思いをさせてしまうことが心苦しくて……」

「土志田殿の善良さに付け込んで、土地を奪おうとは許せん輩がいたものだ！　こちらから手を回そう、心配しなくていい！」

「ありがとうございます」

感謝を述べる泉は、頭を下げつつ水無瀬を見てかすかに口角を上げた。それを見た水無瀬は、泉が自分への当てつけにこんな話をしているのだと理解する。

（やられた……！　吉川様が手を回せば、たとえ計画がうまくいったとしても土地を買い上げたのが私だと知られてしまう。この男は、まさかこのためにここへ!?)

泉と水無瀬が初対面だと思っている吉川は、水無瀬の焦りに気づく様子はない。

「君も呪詛に困ったら土志田殿を頼りなさい。どこで恨みを買うかわからぬからな。これも縁だ、親しくするといい」

「そ、それはお気遣いに感謝いたします……」

引き攣った笑顔でかろうじてそう言った水無瀬だったが、腹の底では「絶対にごめんだ」と拒絶する。

泉は、そんな水無瀬の反応を楽しむかのようにくすりと笑う。それがまた水無瀬を苛立たせ、彼はぎりっと奥歯を食いしばった。

絶対に許さない。険しい顔つきに変わった水無瀬は、泉をぎろりと睨む。

「おや、水無瀬殿。お顔の色が優れないようですが、どうかなさいましたか?」

「いえ、別に」

見ているだけで殺したくなる。そう思った水無瀬が視線を下げると、泉が帯に差していた黒い扇にふと目が留まる。

途端にどくんと心臓が大きく跳ねた音がして、目の前の物が一瞬だけ二重に見えた。

(何だ?)

眩暈かと思い、ぎゅっと目を閉じて眉間を指で押さえる。急激に気分が悪くなっていき、気力や体力が徐々に奪われていくようだった。

ここで帰るわけにはいかない。だが、あまりにも異変を感じ、とにかく一度座敷から出ようと決めた。

「少々失礼いたします」

小さな声でそう言うと、水無瀬は立ち上がり中座する。待たせている秘書に、何か薬を探してこさせようと思っていた。

宴もたけなわとなっていて、席を離れる水無瀬を見ても不審に思う者はいない。

賑やかな座敷から一歩廊下に出れば、冷やりとした空気が心地よかった。

「くっ……、あいつのせいだ。気分が悪い」

襟元を少し寛《くつろ》げ、秘書の待機する部屋に向かって移動する。まだほんの少ししか酒を呑んでいないのに足元はふらついていて、思わず壁に手をついて深呼吸を繰り返す。

次第に足の自由が利かなくなり、その場に座り込んでしまった。

「はぁ……はぁ……、なぜ誰も出てこないのだ……！」

三味線や鈴の音が遠くから聞こえてくるだけで、廊下には行き交っているはずの給仕の娘の姿もない。客がこんな風に苦しそうにしていれば、誰かが駆け寄ってきて介抱してくれるのが普通だ。

（何かがおかしい）

気づけば異様なまでの静けさが広がっていて、宴の喧騒が聞こえなくなった。まるで、この世界にたった一人きりで取り残されたようだった。

どうにかして人を呼ばなければ、そう思った水無瀬は必死で立ち上がろうとする。

するとそこへ、背後から今一番聞きたくない声が耳に入ってきた。

「随分とお加減が悪いようですね」

汗の雫《しずく》が、床にぽたりと落ちた。振り向かずともそこに泉がいるのがわかり、無様な姿を晒している現状が許せない。

見下ろされていることも我慢ならず、今にも罵倒してやりたかったが、その前に泉が不思議そうに言った。

「穢れを吸い込んでやったのに、具合が悪くなるとは不思議だな。あぁ、急激な変化に体がついていかなかったのか？」

（一体、何のことだ）

体が怠《だる》く、呼吸もしにくい。つらくて堪らない今、この男の相手をしなくてはいけないのかと思うと、さらに苛立ちが募る。

歯を食いしばり、何とかして振り返れば、そこには信じられない光景があった。

「なっ⁉」

見上げた先には、漆黒の扇を手にした泉とその周囲に蠢く巨大な蛇がいる。大の男を丸のみできそうなほどに大きい漆黒の蛇が、赤い目でじっと水無瀬を見つめていた。

「何だ、それは……！　おまえ、そっ……、ひっ」

狼狽《うろた》えずにはいられず、情けなくも小さな悲鳴を漏らしながら、ずりずりと這って後ろに下がる。

「どうした？　蛇でも視えるのか？」

その表情は、さきほどまで吉川の前で見せていた好青年のそれではない。怯え慄く水無瀬にも、泉があえてこの状況を作ったのだとわかった。

「呪いの扇がおまえを随分と気に入ったらしい。怨念を食らう扇に気に入られるとは、悪人冥利に尽きるな」

「そっ……、ばかな、早くそれを……何とかし……」

震えながら、指先をかろうじて動かし「早く蛇を遠ざけてくれ」と訴える。

ところが、ゆらゆらと宙に浮く蛇はさらに大きくなったように見えた。その上、黒い靄の尻尾が徐々に水無瀬に近づいてくる。

「扇を通して、はっきりと聞こえてくるぞ。おまえに虐げられ、切り捨てられた者たちの叫びが」

「は……？」

「この蛇は、おまえへの怨念の集合体だ。憎しみや悲しみで、人の姿を忘れてしまったのだ。おまえに人の心が少しでもあるなら、これまで虐げてきた者たちに心から詫びろ。彼らは俺と違って慈悲深く、心から反省するならおまえの命までは取らぬと言っている」

「…………」

水無瀬が黙っていると、蛇の赤い目がぎらりと光る。

その怒りが空気を震わせ、びりびりと肌に伝わってきた。

(本当に命は助かるのか!? こんな、今にも人を食らいそうなのに……!)

目の前の蛇は恐ろしい。だが、水無瀬は詫びることも反省することもできなかった。

(私は正しいことをしてきた! 恨まれる筋合いはない!)

自分は何も悪くない。卑怯な手を使っているのは自分だけではなく、誰かが苦しんだとしてもそれはよくあることだ。この期に及んでも、水無瀬はそう思っていた。

(今は、とにかく謝ってやるところを見せるしかない。それで助かるならば……)

下を向き、ごくりと唾を飲み込む。心の中で何度も「形だけだ」と繰り返し、でも謝罪のたった一言を口にするまで相当な時間を要した。

「すまなかった」

ようやく絞り出した声は、掠《かす》れていてとても小さい。だが、怨念にそれは届いたようで、泉が持つ扇に蛇はするすると吸い込まれていく。

その様は寂しげで、さきほどまでの怒りは落ち着いたように見えた。

「た、助かったのか？」

水無瀬は、安堵の表情を浮かべる。

（怨念など恐れるに足らず！　負けた奴らが集まっても、私には勝てない）

にやりと口角を上げる水無瀬に、黙って見届けていた泉が一言放った。

「残念だ」

泉は扇を開いて頭上に掲げると、風を送るかのようにひらりとそれを下ろす。

舞のように優雅な動きとは裏腹に、扇の中から真っ黒な靄が飛び出してきて辺り一面に広がっていく。

水無瀬はぎょっと目を見開き、叫び声をあげた。

「わあああああ！」

闇の中、見知った者たちが次々と現れる。

彼らはこれまで自分が追い落とし、悲惨な末路を迎えた者ばかりだった。

暗闇の中、方々から罵声を浴び、どれほど叫ぼうが逃げようがそれは止まない。

呪いの扇によって増幅した怨念を浴び、水無瀬は苦しみ続けることになった。

「助けてくれ！　私が悪かった、許せ！」

今自分がどこにいるかもわからない。この恐ろしい暗闇が永遠に続くように思え、水無瀬は絶望した。

◆◆◆

竈の中で、パチパチと薪《まき》が燃える音がする。

火箸を手にした瑠璃は、残った炭を壺に移そうと思い竈の前に立っていた。燃える火を見つめていると、これと似た赤く美しい夕焼けの中を出かけていった泉のことが思い出される。

「竈の神様、どうか先生をお守りください」

縋るような心地で祈る瑠璃に、板の間に座る勾仁が呆れた様子で言い放つ。

『竈の神は厨《くりや》の外のことまで助けてくれぬぞ』

瑠璃は火箸を置いて、はぁとため息をつく。

「勾仁は、先生が心配ではないのですか？」

『主以外を案ずる式神はいない』

あっさりとそう言われ、わかってはいたものの悲しい気持ちになった。

一緒に暮らして少しくらい情が湧いたかと思ったが、それは瑠璃の願望であり事実ではなかったらしい。

（私にとっては大事な人なのに。勾仁も毛倡妓も、先生も）

面倒だと言いつつも、結局のところ泉は瑠璃を助けてくれる。他人に関心がないようでいて、こちらの様子を気にかけてくれてもいる。

（最初はただここに置いてほしかっただけなのに……。今は、先生のことを人として慕う情を持ってしまった。「滝沢の家を出て新しい人生を生きてみたい」って思っていたけれど、今はそれが叶っている気がする）

水無瀬のように世を動かそうとする野心を持つ者からすれば、瑠璃の充足感などばかばかしいくらいに小さいことなのだろう。それでも、確かに幸せなのだ。

自分が毎日楽しいと思うように、泉にも喜びを感じてほしい。

瑠璃がいてよかったと、そう思ってほしいと願うようになっていた。

「先生のために、お食事の支度を整えておかなくては」

『すでに山ほど握り飯を作ったであろう？』

「……そうでした」

つい作りすぎてしまった握り飯は、皿の上に盛って布をかけた。鍋には味噌汁がたっぷりあり、泉の好きな魚もすでに甘く煮付けてある。

山菜のおひたしも芋の味噌和《みそあ》えも、魚のすり身の揚げ物も用意した。これ以上何か作ったところで、余らせてしまうのが想像できる。

「では、掃除でも」

『今は夜中だ』

「水汲みもしておいた方が……」

『だから、夜中だと言うておろうが』

落ち着きなく何かをしようとするたびに、おとなしく待てと勾仁に止められる。

せめてすぐに迎えに出られるようにと玄関に移動し、式台に座っていると外から足音が聞こえてきた。

急いで立ち上がり、期待に満ちた目で扉を見つめる。

ガラッと扉が開けば、出て行ったときと変わらぬ様子で泉が入ってきた。

「おかえりなさいませ！」

「まだ起きていたのか？」

いきなりの出迎えに、泉はびくりと肩を揺らす。彼は、瑠璃がすでに休んでいると思っていたらしい。

「あの、先生、大丈夫ですか？」

瑠璃は、泉に怪我がないか真っ先に尋ねた。

ところが、泉は「水無瀬の件は大丈夫なのか」と聞かれたと受け取ったらしく、

「すべて問題ない」と答えた。

「水無瀬に溜まっていた穢れは、増幅してまとめて返してやった。死にはしないだろうが、もうまともに生きてはいけぬだろうな」

「それは、扇の力で……ですか？　道具を使うことで、先生に影響が出ることはないのですか？」

呪いが還ってきた寿々のように、泉にも何か悪い影響が出ないだろうか。表情を曇らせる瑠璃を見て、泉は淡々と言った。

「あいつの穢れをあいつに返しただけだ。俺には何も起こらん」

「そうですか……。本当に、本当にご無事でようございました」

ありがとうございます、と瑠璃は深々と頭を下げる。

最初に水無瀬がやってきたときはどうなることかと思ったが、もう二度とここへ現れることはないと思うと心から安堵した。

「おまえはすぐに気を揉《も》む。大丈夫だと言っているのに、困ったものだな」

呆れて笑う泉の顔をまじまじと見た瑠璃は、壁際に一歩下がって言った。

「お疲れになったことでしょう、お食事の支度ができております」

「それは助かる」

敷板を上がった泉は、いい匂いがすることに気づき目を細めた。

そして、珍しく心情を口にする。

「――ここに人がいるのも悪くないか。飯もどうせ食うならうまい方がいいし」

驚いた瑠璃は、足を止めて目を瞠る。まさかそんな風に言ってもらえるとは、と感動で胸がいっぱいになった。

ついてこない瑠璃に気づき、泉は振り向きざまに尋ねる。

「どうした？」

何か心配事でも残っているのか、とその目が聞いていた。

瑠璃は「いえ」と首を振り、うれしそうに駆け寄って言った。

「先生は、私がいてよかったと思ってくださるのですね」

「は？」

「面倒ではないのですね？　これからも、おそばに置いてくださるのですね？」

「待て、その解釈はどこから来たのだ⁉」

今一度、自分の言ったことを思い出そうとする泉だったが、瑠璃は目を輝かせて喜んだ。

「すぐにお食事をお持ちいたします！　先生はあちらでお待ちください」

これはさらにがんばらなくては、瑠璃はそう意気込んで厨房へと駆けていく。「違う、そういうことじゃない」という泉の声が聞こえたような気がしたが、頬が緩むほど喜んだ瑠璃には届かなかった。

【六】視えぬままで

頬に触れる冷たい空気に、冬の訪れを感じる十一月。

瑠璃が部屋で黒い袴の裾を繕っていると、縁側に毛倡妓がやってきて昼寝を始めた。

あやかしも入れる縁側で、毛倡妓が寛ぐ姿は見慣れた光景になりつつある。

「寒くはないですか？　陽が当たると言っても、もう冬ですよ」

『猫扱いしないでよ。暑いも寒いも、あやかしには関係ないんだから』

薄曇りの今日は、昼間でも針を持つ手が冷たくなってくる。

（こういう日は、あやかしが羨ましい。そろそろ火鉢が必要ですね）

夜に起きている泉のことを思うと、火鉢に入れる炭の用意をした方がいいかもしれない。繕い物が終わったら、納戸を見てみようと決めた。

『何か面白いことないかしら？』

毛倡妓が退屈そうにそう言う。あくびをする様子は、どう見ても普通の猫である。

近頃の泉縁堂は落ち着きを取り戻し、平穏そのもの。

瑠璃は、心置きなく家事に勤しんでいた。

『あいつ、結局どうなったの？　泉が始末したの？』

毛倡妓が、ふと思い出したかのように水無瀬のことを尋ねる。

あれ以来、彼は一度もここへ来ていない。

「数日前に文が届きました。水無瀬様は仏門に入られたそうです」

『は？　あいつが寺に？』

顔を上げ、ぎょっと目を見開く毛倡妓の驚きようがおかしくて、瑠璃はくすりと笑う。けれど、彼女が驚くのも無理はないと思った。

「文には、私との結婚は諦めるとはっきり書いてありました。『己の行いを反省し仏門に入る』とのことです」

あの夜、泉の使った呪いの扇によって自分が溜め込んでいた穢れを倍にして返された彼は、しばらくは錯乱状態で、家の者も近寄れないほどだったという。その後、落ち着きを取り戻したものの、心身を消耗していてとてもまともな日常生活は送れず、親族の勧めで仏門に入ったらしい。

（過去の行いを反省して、償いの道を選んでくれることを願うわ）

泉によれば、まっとうに生きていれば次第に穢れは薄れていくそうだ。

ただし、俗世でこれまで通りの生き方をするのであればそれは難しい。今はどういう心境でいるのか瑠璃にはわからないが、これからは御仏《みほとけ》に仕え、心を入れ替えて精進してもらいたいと思った。

『散々に悪いことをしてから御仏に縋るなんて、随分と都合のいいことね』

「先生もそのようなことをおっしゃっていました」

『げっ、泉も？　やだ、あんな性悪陰陽師と一緒だなんて』

「性悪……。先生はお優しいですよ？　あなたのことも入れてくれましたし」

今ここで普通に会話できているのは、泉が結界の範囲を変えてくれたおかげだ。毛倡妓が泉のことを悪し様《あざま》に言うので、瑠璃は「そんなこと言わないで」と窘める。

『陰陽師は嫌なのよっ。あいつ、鷹宮の出なんでしょう？　勾仁から聞いたわ』

泉が強い護符を持ち歩いているから嫌なのではなく、陰陽師に対していい印象がないのだと毛倡妓は話した。

『陰陽師は、あやかしの脅威だもの。話が通じる者もいるけれど、問答無用で祓おうとしてくる奴だっているのよ』

毛倡妓は鷹宮家のことを、陰陽師の中でもあやかしと敵対してきた一族だと言い、そんな家の人間である泉が自分たちあやかしを歓迎するはずがないと考えていた。

『それに、あの家は一族内での争いも凄《すさ》まじいの。瑠璃が生まれるずっと前から……、数百年そんなことが続いてるんだから、鷹宮の人間に情なんてものがあるとは思えない。そりゃあ、瑠璃が幸せならそれを邪魔したいとは思わないけど……』

その顔は不満げで、本当に嫌なのだと伝わってくる。

瑠璃は、困ったなと眉尻を下げた。

『いい？　自分が人間だからって油断しないでね。鷹宮の人間は非情で冷酷なのよ。あとでつらい思いをするのは瑠璃なんだから、泉のことは心から信用しちゃダメ』

縁側にちょこんと座った毛倡妓は、その小さな手で床を叩いて念を押す。その目は決して冗談を言っているのではなく、真剣に訴えかけていた。

瑠璃はしばらく悩んだ後、大丈夫ですよと笑ってみせる。

「先生は、ご自分のことを信用するなと忠告した上で、私のことを見捨てずにここに置いてくれました。それに、先生も今のあなたと同じことをおっしゃっていました。『あやかしと馴れ合うのはよくない、あとでつらい思いをするのはおまえだ』と」

『はぁ？』

「ふふっ、私のことを心配してくれているところも同じですね。私は、毛倡妓のことも先生のことも好きです」

歩み寄ることはできずとも、互いの存在を許すことはできるはず。

毛倡妓が、瑠璃を心配してくれる気持ちはありがたい。でも、瑠璃はここで泉の役に立ちたいと思っていた。

「両親は今の私を見て、どう思うでしょうか？」

滝沢家を出られたとはいえ、泉の恩情で働かせてもらっているようなものだ。

自分は何と頼りない存在なのだろう、と感じることがときどきあった。

「水無瀬様のことも、私一人では何もできませんでした。巫女の力でタケさんや先生を救えたのはよかったですが、両親を助けられなかったことが悔しくて、悲しくて」

巫女の力は、親しい者の未来を知ることができる。その運命を変えることができる。

ただし、すでに失った者は戻らない。

俯く瑠璃に、毛倡妓は静かに言った。

『本来、人の生き死には変えられない。瑠璃が責任を感じるようなことじゃないわ』

「そうでしょうか？」

『人にもあやかしにも、できることには限りがあるからね。過ぎたことより、今を楽しむのが一番よ』

「今を楽しむ？」

そうなれたらいいですけれど、と呟く瑠璃。ふと気づき、時計の針に目をやった。

「いけない。おしゃべりでつい時間が……」

今日中にしたいことはまだたくさんある。瑠璃は急いで繕い物を終わらせるべく、止まっていた指を動かし始める。

ところが視界の端に、裏庭を茶色い何かが横切るのが見えた。

「えっ?」

立ち上がって確認しに行くと、それは毛倡妓よりも大きい生き物で、思わず目を瞬かせる。

「イタチ?」

最初は、野生の動物が干し柿でも狙ってきたのかと思った瑠璃だが、美しい茶色の毛並みのイタチは動物らしからぬ動きで何やら怪しい。母屋の奥までやってくると、壁に前足をついてよじ登ろうとしている。

(あそこは先生の……?)

しかもよく見れば、イタチはその腹に白い紙を貼りつけていた。

(もしかして、文を届けようとしている?)

瑠璃はそっと下駄を履いて裏庭に下り、イタチに悟られないよう近づいていく。

窓に前足をかけようとしてぴょこぴょこ飛び跳ねているイタチは、よほど集中しているのかまったく気づかない。

瑠璃はその背後に密かに回り、息を潜めながら両手を伸ばした。

「捕まえました!」

イタチの胴を摑んで持ち上げてみれば、予想よりもはるかに軽かった。きゅうんと可愛らしい鳴き声を上げ、短い足をじたばたさせて慌てているように見える。

「こんなに軽いなんておかしい」

じっと観察していると、ガラッと音を立てて窓が開き、泉が顔を出す。

ぱちりと目が合い、彼は「なぜこんなところに？」と不思議そうな顔をした。

「先生、イタチを捕まえました」

「は？　イタチ？」

瑠璃は、両手で掴んだイタチを見せるようにして報告する。

ところが、泉は目を眇めて言った。

「俺には視えない」

「え？」

もしやこの子はあやかしなのか、と瑠璃はもう一度その姿を凝視した。

まじまじと見つめれば、怯えた様子のイタチは泣きそうになっている。

随分と喜怒哀楽のわかりやすいあやかしだなと思ったそのとき、イタチはふんっと背を仰《の》け反らせて瑠璃の腕から逃れる。

「あっ」

腹にくっついていた白い紙が、ひらりと土の上に落ちた。イタチは林の方へ一目散に逃げていってしまい、瑠璃は呆気に取られる。

「どうした?」

「イタチが逃げました」

「……何か落ちたな」

どうやら、この状態の文は泉にも視えるらしい。

瑠璃はそれを拾い上げ、そっと手で土を払ってから泉に手渡した。

「先生宛です」

「……」

表に『土志田泉様』と書かれたそれは、誰かがイタチに運ばせたのだとわかる。

「さっきの子は、あやかしではなく式神だったのですね。お知り合いの陰陽師の方からですか?」

勾仁は戦うために喚ばれた式神だが、その目的によって式神のとる形は異なる。動物の姿をした式神がいるとは知っていたが、実際に出会ったのは初めてだった。

「どなたかの御使《おつか》いだとわかっていたら、きちんとお迎えしましたのに」

瑠璃は残念に思いながらそう言った。けれど、泉は受け取った文を開くことなく机の上に置き、背を向けたまままそっけない態度になる。

「ずっとそこにいたら冷えるぞ。早く戻れ」

いつもより少しだけ低い声。目も合わせてくれないことから、瑠璃は「自分の踏み込んではいけない部分だったのだ」と察する。

「お騒がせいたしました」

「………」

（先生はご自分のことを話したがらないから……）

以前、鷹宮の紋付きの着物を見つけたときに「洗って干しておきましょうか」と尋ねたところ、泉は一拍置いてから「もういらない」と返答した。

引っ掛かりは覚えたものの、奉公人があえて聞くようなことではないと思い、それきりだ。ただ、「捨ててくれ」と言われたわけではないので、あの衣装箱は今も押し入れの奥に仕舞ってある。

（もしや、文は鷹宮の家から？　ならば、先生の態度は納得できる）

式神に文を運ばせるなど、誰にでもできることではない。陰陽師でもそれなりに高位の術が使える人物が、イタチを使って文を寄こしたのだろう。

泉のことも、文を寄こした人物のことも、どんな関係だろうかと気になってしまう。

とはいえ、泉が話してくれないうちは何も聞かない方がいいと思った。

（忘れましょう。きっとそれがよいはず）

部屋に戻る途中、足元にいた毛倡妓が瑠璃の裾をちょんと引っ張ってくる。

『瑠璃。あのイタチ、まだいるんだけど？』

「え？」

毛倡妓が示した先に目をやれば、林の奥へ消えたはずのイタチがこちらの様子を窺っていた。瑠璃と目が合うなり、頭を引っ込めて草の陰に隠れたものの、茶色の尻尾がはみ出ている。

「……先生がお返事を書いてくれるのを待っているのでしょうか？」

確かに、連絡係であるならば返事を待つのは当然だ。生き物ではないのだから、飲まず食わずでいても死ぬことはない。

とはいえ、独特の愛らしさや頼りない様子が庇護欲をそそる。

「式神なら母屋に入れるのよね……？」

瑠璃は林の方へ足を向け、隠れたつもりになっているイタチの式神に声をかけた。

それから数日が過ぎても、泉が文の返事を出す気配はなく、イタチは泉縁堂に滞在していた。

勾仁や毛倡妓と違い言葉は発せられないらしく、でもこちらの言っている意味は理解していて、洗濯をする瑠璃の手伝いをしたり火箸を咥《くわ》えて持ってきてくれたりと、甲斐甲斐しく働いてくれている。

『こやつはいつまでここにおるのだ？』

勾仁は呆れ顔でそう言った。式神が小間使いのようなことを率先して行うとは、と嘆いている。

「先生は『そのうち帰るだろうから放っておけ』とおっしゃいましたが、帰る気配はありませんね」

これまでも文は定期的に届いていて、いつも窓の隙間に挟んであったという。きっと、毎回このイタチが運んできていたのだろう。その都度ここで返事を待っていたかどうかは、視えない泉は知らないらしい。

いつも年の暮れにしか返事をしない、とも教えてくれて、イタチが待っているからと言ってそれを変えるつもりはないそうだ。

結局、差出人が誰なのかは聞けなかった。

瑠璃は、竈から火鉢に炭を移す手を止めて言った。

「術者の方が心配なさっているかもしれません。私なら、勾仁が出かけたまま何日も戻ってこないと不安になります」

『きゅう？』

イタチは二本足で器用に立ち、可愛《かわい》らしく首を傾げる。それを見た瑠璃は堪らず抱き上げ、その頭を撫でた。

『瑠璃、式神は式神だ。飼うことはできぬぞ』

「残念です」

『そもそもなぜイタチなのだ？　猫や犬、鳥を模《かたど》った方が目立たぬだろうに』

「先生に文を渡すためなのでは？　イタチなら、戸締りをしていても家屋の隙間から天井裏などを通って入ることができるでしょうから」

『しかし、いつもは窓に挟んであったと泉が言っていた』

中へ入れるはずなのに、そうしなかったのはなぜなのか？

結界は悪意のある者はその存在を受け入れないが、こうしてイタチがここにいられるように、中へ入ってくることは可能である。

『おまえ……。まさか術者も予想外の、出来の悪い式神なのか？』

『きゅう』

勾仁が憐れみの目を向けると、イタチは申し訳なさそうに頭を下げた。

どうやら正解らしい。

瑠璃は、慌ててイタチを励ます。

「だ、大丈夫ですよ！　居てくれるだけで心の支えになることもありますし、術者の方があなたを必要としているから今もこうして世に留まっているのでしょう？」

イタチはつぶらな瞳で瑠璃を見つめ返す。励ましは伝わったように感じられた。

だが、それを見ていた勾仁が『それでは式神の意味がない』とぽつりと呟く。

「勾仁？」

『しばし離れる。泉縁堂の外へ出るなよ』

そう言い残すと、母屋の奥へとふわりと消えていった。

「どうしたのでしょうか？」

今日はもう食材は揃っていて、外へ出かける用事はない。だから、勾仁が離れたとしても結界のあるここにいれば安心だ。でも、巫女を狙うあやかしが寄ってきたわけでもないのに、彼が自発的に瑠璃のそばを離れるのは珍しい。

瑠璃は少しの違和感を覚え、彼がいなくなった後の廊下を見つめていた。

翌日、日暮れ前から木枯らしが吹き始めた寒い日に、一人の客人がやってきた。

母屋に鈴の音が響いてしばらくの後、玄関に淡緑《たんりょく》色の狩衣を着た青年が入ってくる。

「失礼いたします」

柔らかな濃茶色の髪は肩より少し短く、にこりと笑みを浮かべたその美麗な顔立ちや所作も明らかに只人《ただびと》ではない。

「ようこそいらっしゃいました、主の土志田泉に御用でしょうか？」

まだ完全に日が暮れていないのに、客が来るのは珍しい。夕食の準備の途中で玄関に出てきた瑠璃は、彼の殿中差しにある紋に気づいて密かに驚く。

（鷹宮の……！）

頭を下げる瑠璃は、毛倡妓が言っていたことを思い出した。

――鷹宮の人間は非情で冷酷なのよ。

目の前の青年はとても優しそうに見えるが、その内面まではわからない。粗相があってはいけないと緊張が走った。

仰々しく出迎える瑠璃を見て、その青年は「気遣いは不要です」と笑いかける。

「こちらの御主人に……、というよりはご厄介になっている『うちの者』を引き取りに来ました」

「え？」

恐る恐る顔を上げれば、彼もまた瑠璃を見て少し驚いているように見えた。

「お嬢さんは、こちらで使用人を？」

「は、はい。そうです」

「これは驚いた。泉禅はいつも『元気にしている』としか知らせてくれませんから、こんなに可愛らしいお嬢さんがいたなんて……。あぁ、私は鷹宮雪泰《ゆきやす》と申します」

格下の相手に丁寧にお辞儀をする雪泰に、瑠璃はどうしていいかわからず狼狽え、再び頭を下げた。

（毛倡妓が言っていたのと全然違う……！）

高貴な身分の人たちの中には、奉公人とは目も合わせない、会話もしないという人もいるのに、雪泰は言葉も態度も柔らかい。

非情で冷酷という印象は、まったくなかった。

「突然の訪問をお許しください。今日この時間しか抜け出せなかったもので」

困ったように笑うその顔は、よく見れば目元が泉に少しだけ似ていた。年齢は二十代半ばくらいで、泉よりも二、三歳は上に見える。

（先生のお兄様？）

とにかく中へ入ってもらおうとしたそのとき、廊下を走ってきたイタチが雪泰に向かってぴょんと飛びかかる。

「やはりここにいましたか。戻ってこないので術が解けてしまうところでした」

『きゅうん』

申し訳なさそうに声を上げたイタチは、雪泰の腕の中で振り返って瑠璃を見る。そしてまるで世話になった礼を伝えるかのように頭を下げると、次の瞬間には白い煙になって消えてしまった。

「あっ……」

驚いた瑠璃は、思わず手を伸ばしかける。

式神はどんな形をしていても、「命」とは違う。

だから、消えるときは一瞬だ。

「お嬢さんには視えるのですね。あれは私が作った式神でして、そろそろ時間切れだったのです。うちの者が世話になり、ありがとうございました」

「お礼を言っていただけるようなことは何も……」

瑠璃は、もうあの子に会えないのかと寂しい気持ちになる。これまでずっと勾仁がそばにいて、式神が消えた瞬間を見たことはない。

（お別れは、こんなにあっさりとしているのね）

思わず落ち込みそうになった瑠璃だったが、雪泰は慰めの言葉を口にする。

「大丈夫です。いずれまた喚びますので、その際には会えますよ」

「そうなのですか？」

勾仁とは違い、下位の式神は術者にかかる負担も使う霊力も少ないため何度でも出せるらしい。その存在自体が消えたわけではないと説明され、瑠璃は安堵した。

「……式神に情を持つとは、お優しい方です」

雪泰の声が、少し寂しそうに感じられた。

瑠璃は返答に困り、黙ってしまう。

そこへ、奥の間で霊符を作っていたはずの泉がやってきた。

「雪泰？」

泉は驚いた顔をしていて、まさか来るとは思わなかったという様子だった。

「久しぶりですね、泉禅。会うのは五年ぶりでしょうか？」

「……」

二人の間にはやや気まずい空気が流れ、互いにかける言葉を探しているようだった。

（先生は戸惑っておられる？）

ただ、気まずそうではあるものの、拒絶している様子はない。

瑠璃は泉のことを「喜怒哀楽のはっきりした人」と思っていたので、即座に追い返そうとしないところを見て、中へ招いても問題ないのではと考えた。

「先生、ここは寒いですから……」

「あ、あぁ」

瑠璃に話しかけられ、泉はようやく返事をする。

「客間か奥の間、どちらにお通しいたしましょう？」

「……客間で」

「かしこまりました」

どうぞ、と雪泰に向かって笑みを向ければ、彼は彼で呆気に取られている。

（もしかして、門前払いされると思っていたのかしら？）

泉はさっさと奥へ歩いていってしまい、玄関には瑠璃と雪泰だけが残された。瑠璃の声が聞こえなかったはずはないが、雪泰がその場に立ったまま上がろうとしなかったので、顔色を窺いながらもう一度声をかけてみる。

「どうぞ中へ」

「あ、では、お言葉に甘えて上がらせていただきます」

雪泰はさきほどと同じように笑みを作ると、急いで草履を脱いだ。

湯呑みに注いだ煎茶から、ゆらゆらと白い湯気が立ち上る。

(鷹宮家の方にお出しするお茶が、これでよいのでしょうか?)

少々疑問ではあったが、泉縁堂にある客人用の茶葉はこれしかない。

瑠璃が客間へそれを運んで行くと襖が少し開いていて、中では泉と雪泰が向かい合って座ったまま視線を落として黙り込んでいた。

『用がないなら帰ればよいものを、なぜあの二人はああしているのだ?』

「勾仁、人にはそれぞれ事情があるのですよ」

勝手に出てきた勾仁を廊下に残し、瑠璃は一声かけてから客間に入っていく。

「失礼いたします。お茶をお持ちいたしました」

「あぁ、入れ」

泉は、ほんの少しホッとした顔になる。いかにこの空気を持て余していたかが伝わってきた。

（文でやりとりはしていても、五年ぶりの再会ならこうなるのも仕方ないのかしら？）

瑠璃は二人の前に茶を置くと、すぐに下がろうとする。

しかしそのとき、雪泰が柔らかな笑みを浮かべて言った。

「お嬢さんはいつからここに？」

まさか声をかけられるとは思っていなかった瑠璃は、泉の顔色をちらりと窺いながら質問に答える。

「私は、三月ほど前からこちらでお世話になっております」

「そうですか。外の庭も屋敷の中もきれいに整えられていて、感心いたしました。泉禅……、いえ、泉殿はよき人に恵まれたなと思います」

「もったいなきお言葉にございます。えっと……」

何とお呼びすれば、と瑠璃は迷った。

「気軽に雪泰と呼んでください。私は鷹宮という陰陽師の一派を率いておりまして」

「俺の兄だ」

丁寧に自己紹介を始めた雪泰の言葉を遮り、泉が一言そう言った。

生家について瑠璃に知られたくないというよりは、端的に告げた方がわかりやすいだろうという、泉らしい態度だと瑠璃は思う。

一方で、雪泰は大げさなくらい喜びを噛み締めている。

「兄だと、そう言ってくれるのですね」

「生まれはそうだろう？　兄は兄だ」

「そう、ですね。ははっ、それは確かにその通りです」

茶をすする泉は、いつも通りに見えた。さきほどの動揺はもう感じられない。

（気まずいのは最初だけですよね）

瑠璃は、笑顔で客間を下がろうとする。ところがその瞬間、雪泰が慌てて瑠璃を引き留めた。

「待って！　もう少しここにいてくれませんか？」

「え？」

「お願いします。何を話してよいのかわからぬのです……！」

懸命な様子で頼んでくる雪泰に、瑠璃は困ってしまった。

自分がいては、兄弟の再会に水を差すのではと心配になる。

「先生、あの」

断り切れずに泉に視線を向ければ、その右手に目が留まる。

「お茶がこぼれています」

「……茶はこぼれるときもある。気にするな」

さすがにそれは無理があるのでは？

驚く瑠璃に、泉はいつもの仕事用の笑みを向けた。

(相当に動揺しておられるのですね!?)

仕方がないと諦めた瑠璃は、二人に向かってこう言った。

「お食事をお持ちいたします。よろしければお二人でお夕飯を召し上がってくださ
い」

今から菓子を買いに行くのは間に合わないが、夕飯なら多めに作ってあるからすぐに出せる。

膳を前に同じ物を口にすれば、自然と会話も弾むのではないかと瑠璃は思った。

二人は戸惑いを見せるも、異存はなさそうだ。

「それでは、ご用意いたしますね」

よく考えてみれば、ここで食事をする客人は雪泰が初めてで、しかもそれが主の兄上であることは光栄だった。

がんばっておもてなししなくては、と瑠璃は意気込んで厨房へと向かった。

雪泰が泉縁堂を訪れた日から、急速に冬の気配を感じるようになった。落ち葉は朽ち、軒下に吊るした干し柿は表面が乾いてきて食べ頃が近づいている。

「寒い……」

人々が行き交う通りを歩く瑠璃は、大根や芋の入った袋を両手で抱えて抱き締めるようにして歩く。勾仁はその隣を歩き、人や店を興味深そうに眺めていた。

「そろそろ、また雪泰様がいらっしゃるかもしれませんね」

あれ以来、雪泰はちょくちょく尋ねてくるようになった。泉と何を話すわけでもなく、茶を飲んでごく短い時間で帰っていく。

泉には「当主が頻繁に抜け出してくるな」と苦言を呈されるも、彼は困ったように笑うだけで一向に訪れを絶つ雰囲気はない。

『ひな子も会いたがっていた。いつもどうしているかと、気にかけているから……。そのうち、ひな子にも会ってやってくれるとありがたい』

先日の帰り際、雪泰がそう言った。

初めて聞く名前に、瑠璃はその人が誰なのか気になった。

『元気だと伝えておいてくれ。別に会う理由もない』

泉は少し気まずそうに眉根を寄せ、そう答えていた。雪泰は困り顔だったが、それ以上何か言うことはなく『また来る』と言って泉縁堂を後にした。

（ひな子さんという方と先生は、親しい間柄だったのかしら？）

瑠璃が知る限り、泉縁堂を尋ねてくる女性は橋口だけである。往診に行く相手の性別までは把握していないが、泉の口から女性の名前が出たことは一度もない。

（ご兄弟は二人きりだと雪泰様がおっしゃっていたし、ひな子さんは一族の人かしら？　それともご友人とか）

その存在が妙に気になり、ふとしたときに思い出す。

（どうしてこんなに気になるの？　もしかして、自分の世界が狭いから先生に色んなお知り合いがいるのが寂しいとか……？）

どことなくもやもやした気分になり、瑠璃は戸惑っていた。

「私はただの使用人なのに」

泉に依存しすぎではないか。瑠璃は一人で反省する。

喧騒の中、そんなことを考えながら歩いていたところ、橋を渡り切ったところで浪人風の男性と肩が軽くぶつかってしまう。

「きゃっ」

よろめく瑠璃は、荷物を落とさないように慌ててしっかり抱え直す。その直後、背後でさっきの男性が「うっ！」とくぐもった声を上げたことに気づく。

『貴様、それでも武士か！』

「勾仁!?」

振り返れば、そこには地面に膝をついた男とそれを見下ろす勾仁がいる。勾仁の手にあるのは、瑠璃が袖に入れていたはずの赤い小袋だ。

どうやら、すれ違いざまに盗《と》られた物を奪い返してくれたらしい。

「武士が盗みを働くなんて……」

時代が変わり、このように落ちぶれてしまった者たちは少なくない。けれど、武士とは気高く強い者たちだと教わってきた瑠璃にとって、この現実は悲しく見えた。

「くっ……！」

勾仁のことは視えずとも、何か得体の知れない力が働いたのだと思った男性は、痛む腹を手で押さえながら走っていった。

その背を見ながら、瑠璃はあることに気づく。

「勾仁、あなた手加減ができるようになったのですか？」

これまでの勾仁なら、あんな風にはすぐに立ち上がれないくらいに痛めつけていたに違いない。本人にその気がなくても、対あやかし用の式神である勾仁の力は強すぎて、人を殺してしまいかねないのが通常だった。

目を丸くする瑠璃を見て、勾仁は笑う。

『瑠璃を人からも守れねば意味がないからな』

「それはありがたいですが、一体どうしたのです？」

瑠璃は、心境の変化でもあったのかと不思議がる。

そこに、雪泰の声が聞こえてきた。

「驚いた、街中でこれほど高位の式神にお目にかかれるとは」

思わぬところで遭遇し、瑠璃は息を呑んだ。

（どうしよう。勾仁を見られてしまった……！）

雪泰は勾仁を見つめながら、ゆっくりと近づいてくる。

別に隠していたわけではないが、わざわざ告げる機会もなかった。それに、泉も何も言わなかったのでそのままにしていた。

勾仁は『また泉に会いに来たのか？』と当然のように雪泰に向かって話しかける。

雪泰もまた、そうですと笑顔で答えた。

「今はお買い物ですか？　瑠璃さん」

「は、はい」

「式神がいれば、お一人でも安心ですね。弟のために、いつもありがとうございます」

「いえ、こちらこそ先生にはお世話になるばかりで……」

雪泰の言葉に、瑠璃は恐縮しっぱなしだった。

(特に何も聞かれない……？　雪泰様にとっては些細なことなのかしら？)

ふとそんなことを思ったときだった。

雪泰が再び勾仁を見て、何かを思い出したようにまた瑠璃を見る。

「そういえば瑠璃さん、ご家名は？　もしや名のある家のお嬢さんなのでしょうか？」

瑠璃は自分のことをあまり知られたくないと思いつつも、泉の兄に問われて答えないわけにはいかず、諦めて名を名乗る。

「滝沢です。少々ご縁がありまして、泉先生に拾っていただきました」

今はただの瑠璃として奉公している、とも説明した。

「……滝沢、滝沢？　あぁ、そういうことですか」

雪泰は顎に右手をあて、妙に納得した顔つきになる。交流はなくとも、滝沢家がどういう家柄なのかを、彼が知っていても不思議ではない。

「そうですか、今は泉禅のところに……」

「はい」

またいつかのように憐れみの目を向けられるだろうか？　そんな不安とは裏腹に、

雪泰はそれ以上何も聞かなかった。ただ「大変でしたね」とだけ述べ、瑠璃や勾仁と一緒に泉縁堂にやってきた。

母屋に着くと、雪泰を見た泉は「また来たのか」と呆れた顔をしていたが、やはり帰れとは言わなかった。

瑠璃は厨房に荷を置くと、すぐにお茶と菓子の用意を始める。

（さすが先生のお兄様、私のことを聞いても態度が変わらなかった）

憐れむでもなく、蔑むでもなく、大変でしたねと温かい言葉をかけてくれた。優しい人だと思った。

手際よく支度を進め、お待たせしないようにと廊下を急ぐ。

襖の向こうから何やら話し声が聞こえてきて、初めて雪泰がここへ来た日の沈黙が嘘のようだとうれしく思えた。

しかし、襖の引き手に手をかけようとしたとき、漏れ聞こえてきた言葉に絶句する。

「瑠璃さんは巫女なのでは？」

雪泰の声だった。

瑠璃は、ぴたりとその手を止める。

「……どうしてそう思った？」

「滝沢家の娘で、式神に護《まも》られている。しかも泉禅があの子を雇っているのですから、巫女だと思う方が自然では？　滝沢家はつい先日色々とありましたし、あなたはあの子を保護しようと考えたのでは？」

雪泰の推察に、泉はそうではないと鼻で笑って否定する。

「保護？　何もかも成り行きだ。瑠璃は巫女ではないし、家のことができれば誰でもよかったんだ」

「本当に？」

「あぁ」

二人とも、相手の思惑を探るように会話を続ける。

瑠璃は密かに話を聞きながら、泉が言った「誰でもよかった」という言葉に寂しさを感じていた。

「泉禅、もしも瑠璃さんが巫女ならば状況が変わってきます」

「何のだ？」

「わかるでしょう？　泉禅があの子と結婚すれば、鷹宮での復権が叶います」

思いがけない内容に、瑠璃は目を瞠り、顔を上げる。

「泉禅ほどの才能がありながら、ここで生涯を過ごすのは惜しいと思っていました。私は器用なだけで霊力は少ない当主ですし、瑠璃さんと共に戻ればきっと父も泉禅が必要だと、考えを改めるはずです」

雪泰からは、水無瀬のような野心は感じられない。彼は、泉自身のために巫女を利用すればいい、と言っているようだった。

(巫女を妻にすれば、先生は鷹宮家で権力を持てる？　でも、先生がそれを望んでいるようには思えない)

帝都一の呪術医を名乗るだけあり、泉が要求する解呪費用や相談料は高額だ。ただし、瑠璃がそうだったように、被害者には見返りを求めないこともある。

この間も、「三年前に助けてもらったときのお金を持ってきた」という町人がいた。泉は往診中で泉縁堂にはおらず、瑠璃が代わりにそれを預かったのだった。

(先生は、今の暮らしを気に入っておられる。ここを離れるとは思えない)

案の定、泉は冷たい声で雪泰の提案を拒絶する。

「帰ってくれ」

「泉禅」

「俺は、二度とあの家に戻るつもりはない」

怒りや失望を感じるその声に、雪泰も思わず黙り込む。

しばらくの沈黙の後、目の前の襖がすっと開いて雪泰が出てきた。廊下に膝をついていた瑠璃を見て、彼は話を聞かれていたのだと察し、少し気まずそうな顔をする。

故意ではないとはいえ、盗み聞きしてしまった瑠璃も申し訳なさから目を逸らした。

「余計なことを言いました。忘れてください」

雪泰は瑠璃にそう告げると、静かに去っていく。

一人残った泉は、窓の外に目を向けたまま何も言わない。

(先生のお心は、鷹宮家の方を向いていない。けれど、雪泰様は戻ってきてほしいと思っている……？　巫女《私》の存在が、兄弟をすれ違わせてしまった)

五年ぶりの再会から、二人の関係はよくなっていっていると思っていたのに。自分のせいで二人の間に亀裂が入ってしまうのは、あまりに悲しい。

瑠璃はきゅっと唇を引き結び、寒々とした廊下に座ったまま途方に暮れていた。


その夜、泉は何事もなかったかのように夕飯を平らげ、いつもと同じく真夜中に来るかもしれない客人のために灯籠に灯りをつけた。

後片付けを終えた瑠璃が護符に霊力を継ぎ足そうと茶の間へ行くと、そこには泉の姿があった。腕組みをして護符を見つめているその背中は、雪泰の後ろ姿とよく似ていた。話しかけていいものかと躊躇いつつも、瑠璃は平静を装って声をかけた。

「勾仁が、先生は器用だと言っていました。先生の作る護符や結界は、見事だと」

泉は少しだけ振り返り、一拍置いてから話し始める。

「俺にこれを教えたのは雪泰だ。陰陽師としての能力はさほど高くないが、雪泰は器用で細やかな作業が得意だから」

泉が自分のことを話すのは初めてだった。

瑠璃は隣に立ち、柱の上にかけてある護符に目を向け、その言葉に耳を傾ける。

「俺が鷹宮の家を出てここに来たのは、八つのときだ。勘当されて、伯父の下へ預けられた」

「勘当？」

これほど高い技術を持っているのになぜ、と瑠璃は疑問に思ったが、次の瞬間その理由に気づいて言葉を失った。

「視えぬ者に家を継がせるわけにはいかぬ。父はそう判断した」

「そんな……、まだ八つのときに？」

「当然のことだ。鷹宮家は力こそすべて、強い者が何より正しい。そういう家だ」

幼い頃から霊力が強く、教わったことも書物で読んだことも何もかもすぐに習得できたせいで、「身内でも容赦なく追い落とす鷹宮家の環境をおかしいと思ったことは一度もなかった」と泉は話す。

「雪泰は、いつも父から『長男なのに不甲斐ない』と責められていて、それでも俺を避けることなく優しく接してくれていた。俺が視えなくなって父から見放された後も、ずっと文を送ってくれていたんだ。五年前、母が亡くなったときも知らせてくれたのは雪泰だけだった」

文のやりとりはあっても、もう一生会うこともないのだろうと思っていたから、ここに雪泰がやって来たのは本当に驚いたという。

「あの、再び視えるようにする術は……？」

昔は視えていたのだから、何かのきっかけで治ることがあるかもしれない。瑠璃はそう思ったが、泉は首を横に振る。

「誰にも治せない。あやかしのいたずらだからな」

「いたずら？」

「俺にも昔は、親しくしていたあやかしがいた。雪泰と俺は、あやかしと友になれたと無邪気に喜んでいたのだ」

十歳と八歳の兄弟と、見た目は愛らしい少年のあやかし。満月の夜、寝所を抜け出し河原で待ち合わせて遊ぶ約束をしていたそうだ。

しかし、些細な会話がきっかけで、泉はあやかしや式神が視えなくなった。

「あやかしとは価値観が違い過ぎる。俺の〝目〟を奪ったあやかしも、悪気はなかったのだろう。事故みたいなものだ」

泉は、そのあやかしに騙されたとは思っていないと話す。「本質を見抜けなかっただけだ」と自嘲気味に笑った。

（だから、先生は「あやかしと馴れ合うな」と私に言ったのね）

その際も、雪泰は父親に対し、泉の勘当を考え直してくれと何度も頼み込んでいたそうだ。

「雪泰が俺を鷹宮に戻そうとするのは、子どもの頃の罪悪感からだ。……すまなかったな、巫女の力を利用しようなど、嫌なことを聞かせてしまった」

突然に昼間のことを謝られ、瑠璃は動揺を露にする。

「いえ、私が立ち聞きしてしまったのがいけないのです！　せっかくご兄弟の仲がよくなってきたときに、私のせいで……」

申し訳なかったと、今度は瑠璃が頭を下げる。

泉は「瑠璃のせいではない」と言い、少し寂しげに笑った。

「仲良く見えていたか？　それは滑稽だな」

「先生？」

「巫女のことがなくとも、もう昔のようには戻れない。おまえのせいではないから気にするな」

その顔が妙に気になって、瑠璃は泉の本音を知りたいと瞳の奥を探るように見つめる。けれど、彼はそれきり何も言わず、話は仕舞いだという風に息をついた。

（私に何かできることがあればいいのに）

昔の話を聞いてしまえば、泉が何を考えているのかさらに知りたくなった。主と奉公人という関係だとはわかっていても、困っているのなら手伝いたいし、支えになりたいとも思う。

（先生にはよくしていただくばかりで、私も何か恩返しがしたい）

泉は雪泰と「もう昔のようには戻れない」と言うが、瑠璃には二人が互いを想い合っているように見えた。遠慮がちに、距離を測りながら、相手を傷つけないよう。昔のような関係に戻れたら……と、歩み寄ろうとしていたはずだ。

（先生が、お心をもっと話してくだされればいいのに）

じっと見つめるだけの瑠璃に、泉が不思議そうな顔で尋ねた。

「どうした？」

表情には出さないものの、その目からはこちらを気遣ってくれているのがわかり、泉も話に聞く伯父と似てお人好しだと思った。

「先生、私に手伝えることがあれば何なりとお申し付けください」

「ん？　あぁ、わかった」

「何でもします。料理も掃除も洗濯も、お使いも、それから……！　あの、爪も整えましょうか？」

「いや、いらん。自分でやる」

あっさり断られ、瑠璃は残念そうに肩を落とす。それを見た泉は、このまま厚意を無下にするのも悪いと思ったのか、仕方なくと言った様子で用事を頼んだ。

「文箱《ふばこ》の整理と筆の手入れを頼む。客が来るまで、だがな」

「はい！」

うれしそうに返事をする瑠璃を見て、泉は目を細め少しだけ笑った。


年の暮れが近づき、帝都の空には毎日のように曇り空が広がっている。今年の冬は厳しいらしい、人々の間でそんな予測が広がっていた。

「今日も星は見えませんね」

冬空を見上げ、瑠璃は冷えた手にはぁと息を吐いてそう言った。辺りはすっかり暗くなり、縁側の端に寄せてある戸がときおりカタカタと音を立てる。

『冬は、ふらふらしてる男が減るから困るわ』

縁側で、毛倡妓が目を眇めて嘆く。

「お出かけは気を付けてくださいね？　朝方には氷が張るかもしれませんから」

瑠璃の言葉に、毛倡妓は『わかったわ』と返事をし、ぴんと尻尾を立てて出かけていく。

毛倡妓が出かけたのを見届けた瑠璃は、しっかりと戸締りをして寝支度を整えた。

(奥の間には、火鉢に炭を入れたし膝かけも用意した。お客様が来ても大丈夫)

真夜中に働く泉が不自由しないか、改めて思い出していたときだった。

──リィン……リィン……。

来客を知らせる鈴の音が聞こえてくる。

「今日は随分とお早いこと」

放っておいてもいいと泉には言われているが、湯を沸かすくらいは手伝いたいと思って部屋を出る。

ただし、この日はいつもと様子が違っていた。客が玄関前に姿を現すまでに随分と時間がかかり、不審に思った泉と瑠璃が玄関で顔を見合わせた頃、ようやく扉の向こう側で声がした。

「泉禅、いますか?」

「雪泰?」

弱弱しい声と荒い呼吸に、ただ事ではないと気づく。

泉が急いで扉を開けると、そこには役人らしき中年男性に肩を貸し、疲れた様子で汗を滲ませた雪泰がいた。

「突然すみません、この方の手当てを頼みたいのです」

二人は、倒れ込むようにして膝をつく。泉も瑠璃も、慌ててそばに寄った。

「雪泰、一体何があった!?」

「私より萩殿《はぎ》を……、怨霊に腹を斬られたのです」

雪泰の衣にはところどころに赤い血がついていて、腕や腹に切り傷を負っている。萩殿と呼ばれた男性は右のわき腹部分が真っ赤に染まり、深手を負っているように見えた。

瑠璃は、初めて見る患者の悲惨な状態に、思わず両手で口元を覆う。

泉はその患部に右手を翳し、冷静に対処した。

「命にかかわるような怪我ではないが、出血量が多い。しかも傷口から穢れが体内に溜まっている。すぐに奥へ運ぼう」

ところが、意識を取り戻した萩が途端に目を見開いて暴れ出す。

「私は行かねば……! 私は正しいことをしている、正しき者が死すわけにいかぬ!」

雪泰の手を振りほどき、鬼のような形相で立ち上がろうとする彼に泉は言った。

「黙れ。手当てが先だ」

「ぐっ！」

泉は右手の人差し指と中指を立て、萩の口に向かって禁の文字を刻む。上下の唇がくっついたまま離れなくなった彼を見て、瑠璃は驚いて目を見開いた。

「少しの間、話せなくした。これで治療に専念できる」

「強引だな」

「そこの川に捨ててくるより優しいだろう？」

苦笑いする雪泰だったが、術を解けとは言わなかった。二人は協力して萩を抱え、奥の間へ運ぼうとする。

「瑠璃、湯を沸かしてくれ。手拭いと紐も頼む」

「は、はい！」

命に別状はなさそうだが、大怪我を負っていることには違いない。瑠璃は急いで厨房へ走り、すでに火にかけていた土瓶を持って泉らの下へと向かった。

雪泰が連れてきた萩の治療は、一時間ほどで終わった。血で汚れた手拭いや衣服は大きな桶に乱雑に放り込まれていて、怪我の大きさが窺える。

「よくその状態で逃げて来られたな」

萩を支えてここまで二里ほど歩いてきた、と雪泰から聞いた泉が呆れ顔で言った。

ここへ来たときの雪泰は、利き腕である右肩を脱臼していて、全身のいたるところに打撲と擦り傷があった。

『人間とは誠に脆《もろ》いな』

雪泰の肩をはめたのは、『面白そうだ』と出てきた勾仁だ。そっと触れただけできちんと治したのはさすがだが、相当な痛みがあったらしい。

(雪泰様のお顔が引き攣っておられた)

瑠璃は「私の式神がすみません」と頭を下げる。泉の長着を借りた雪泰は「こちらこそ夜分にすみません」と同じく謝罪を口にした。

客間に少しの沈黙が落ち、治療に一区切りついたところで泉が事情を尋ねた。

「鷹宮の護衛はどうした? なぜ、当主がここまでの怪我を負っている?」

萩ほどではないが、雪泰も酷い状態である。

要人警護を依頼されることはあったとしても、当主である雪泰が直接出ていくことは滅多にないはず、と泉は疑問を抱いているようだった。

雪泰は、力なく笑って事情を話し始める。

「萩殿の護衛は、元は鷹宮の傘下の本郷《ほんごう》家の陰陽師が請け負いました。なれど、あやかしや怨霊に襲われ多くの者が怪我を負い、こちらに依頼が回ってきたのです」

「萩殿は、あやかしたちの恨みを買ったのですか?」

瑠璃が尋ねると、雪泰は小さく首を振る。

「そうとは限りません。あやかしや怨霊を操っている者がいる可能性が高いのです。そういった裏事情もあり、『信頼できる者に任せたい』と萩殿に乞われ、私が今日の視察に同行していました」

日暮れ前には宿に着くはずがその直前で襲撃に遭い、仲間たちが時間を稼いでいるうちに、雪泰が萩を連れて逃げることになったと言う。

「こちらの護符が通じず、多くの味方は深手を負いました。隠れ家まで辿り着き、生きていてくれればよいのですが……」

「そんなに強い相手だったのですね」

鷹宮は、陰陽師の中でも戦うことに優れた家柄だ。よほど相手が手強《てごわ》かったのだろう、と瑠璃は思った。

しかし、黙って話を聞いていた泉は、まったく違う見解を示す。

「誰かが裏切ったのでは？」

その一言に、雪泰の顔色が変わる。

「道中も、常に結界を張りながら警戒するだろう？　護符を持っていたのに、こんな風に大怪我を負うのはおかしい」

「………それは」

「最初に襲われた本郷が、本当に襲われたのかも怪しいな。視察の話が漏れていて、しかも敵に本郷の陰陽師がいたのなら、こちらの結界を意図的に壊すこともできる」

思い当たる節があったのだろう、雪泰はぎゅっと左手を握り締めて黙り込んだ。

同じ陰陽師でそのような足の引っ張り合いをするなんて、と信じたくない瑠璃だったが、勾仁は『よくあることだな』と言い放つ。

（先生も雪泰様も、そういう世界で生きてこられたのね）

雪泰は否定せず、かといって認めたくはないという様子だった。

「今は、お体を休めた方がよろしいかと」

大変な思いをしたばかりなのだから、せめてここにいる間はどうかゆっくり休んでほしい。瑠璃は、そんな思いから雪泰を労《ねぎら》う。

ただし、彼は両の拳を膝の上で握り締め、即座に断った。

「これ以上、ここに迷惑をかけるわけにはいきません。萩殿の無事を伝えねばなりませんし、ご本人もすぐに戻ることを望むでしょう」

「すぐに出ていくおつもりですか!?」

「休んでいる時間はないのです。私も、萩殿も」

瑠璃は、不安げな目で泉を見る。止めてほしいと目で訴えかけるも、泉は「そうだろうな」と納得していて止める気配はない。

「雪泰様を、このまま行かせるのですか？」

狼狽える瑠璃に、泉は言った。

「雪泰の衣を持ってきてくれ」

「え？」

帰り支度をさせるのかと思いきや、泉は自分が着ていた羽織を脱ぎ始める。

「先生？」

「泉禅？」

瑠璃と雪泰は、揃って泉を見つめる。

「萩殿の屋敷に出向き、薬代を回収する。鷹宮の紋の入った衣を着ていれば門前払いはされまい」

それはつまり、萩と雪泰を守りながら、屋敷まで送り届けるということだろうか？

目を瞬かせる瑠璃を見て、泉は意地悪く笑って言った。

「金はきちんともらわねば。死なれては困る」

「いや、しかし」

これ以上の迷惑はかけられない、と言いかけた雪泰に瑠璃が前のめりで訴えかける。

「雪泰様、先生はとてもお優しいので心配なのです。どうかお聞き届けくださいませ」

「おい、勝手な解釈をするな。金のためだ」

「はい、お金のためということにするのですね？　すぐに衣をお持ちいたします！」

瑠璃が奥の間を出ようとすると、勾仁が泉の肩に扇をついてにやりと笑う。

『よい心がけだ。瑠璃を養うために、しっかり稼げ』

「おまえに言われると癪に障る……！」

苛立つ泉に、困惑する雪泰。

もうすっかり夜は更けていて、外は闇に覆われていた。


暗闇の中、二つの灯りを先端につけた鉄製の荷車がガラガラと激しい音を立てて進んでいく。動かしているのは勾仁の神力で、荷車を引く者もいないのに泉や雪泰たちを乗せて進む様は不思議な光景である。

昼間にこんなことをすれば騒ぎになるが、真夜中なのでちょうどよかった。

「瑠璃まで来なくてよかったのに」

「成り行きです。勾仁ならこうして荷車を出せますので、この方が早いでしょう？」

『人間は不自由だな。飛ぶこともできぬし速くも走れぬ』

薄い布団の上に寝かされている萩は、瞼を閉じたまま目を覚まさない。馬に乗せれば傷口が開くし、人力車や馬車を調達してくるような時間はない。移動手段がこれしかなかった。

淡緑色の装束に着替えた泉は、勾仁の力を借りたくないと少々文句を言っていたが、最終的にはこれが一番早いし確実だと受け入れてくれた。

「萩殿の屋敷は、あさけの町から東の方角です。鎧橋《よろいばし》がかかっていて助かりました」

柵に背中を預け、雪泰がそう話す。以前は川を渡るために舟を使っていたが、今は大きな橋が架かっているので夜中でも移動できるようになった。

「夜の町は初めてです」

物珍しそうにそう言う瑠璃に、泉がすかさず忠告する。

「あまり川を見るなよ。引き込まれるぞ」

「は、はい」

死者の霊に呼ばれることがある、とは聞いたことがあった。泉の忠告の意味を理解した瑠璃は、川を見るのを慌ててやめて前を向く。

じっとしていると寒さがじわじわ伝わってきて、袖の中に手を隠すようにして必死で耐えた。

「あの角を右です」

『ようやく着いたか』

雪泰が、まもなく萩の屋敷だと言う。

荷車は少し速度を落とし、角を曲がろうとしたところで突然ガタンと大きく揺れた。

「何ですか!?」

『……いる』

霧が濃く立ち籠め、急に視界が悪くなり始めた。

荷車はゆっくりと止まり、勾仁が飛び降りてその前に立って警戒する。

「萩殿と雪泰を襲った怨霊か？」

泉も立ち上がり、荷車から飛び降りた。共に降りようとした雪泰には、「ここで瑠璃を頼む」と告げる。

そして、勾仁に向かって問いかけた。

「式神、どれくらいなら戦える？」

一体何のことを言っているのか、瑠璃にはわからなかった。

(勾仁は戦うことに特化した式神なのに？　戦えるとは……？)

泉の問いかけに、勾仁からの返事はなかった。ただ黙って周囲の気配を探っているように見える。

『来るぞ』

勾仁が握っていた扇が、一瞬にして刀に変わる。そして間もなく、黒い矢が泉に向かって飛んできた。

「先生！」

瑠璃が思わず叫んだと同時に、矢は泉の前で弾けて消えた。パンッという音が霧の中で響く。

「丑寅《うしとら》の方角から攻撃とは大した威嚇だ」

威嚇にしては、威力がすさまじかったように見える。瑠璃は胸の前でぎゅっと拳を握り締め、勾仁と泉の背中を見守っていた。

また攻撃が来るのではないかと固唾を呑んでいると、霧の中にザッザッとわらじが擦れる足音が聞こえてくる。

「僧？」

念仏を唱えながら、ぼろぼろになった鈍色の法衣《ほうえ》を纏った僧の怨霊がゆっくりとこちらに近づいてきていた。

その顔は人のそれではなく、幾つもの骸骨が集まって形を保っている。あまりに不気味なその異形を見て、瑠璃は絶句した。

「あいつです。私たちを襲ったのは」

雪泰が緊張気味に告げる。

『墓荒らしでもしたのか？　その萩という男は』

「怨念の集合体か。怨霊といってももはや自我はない。利用されて差し向けられたただけだろう」

勾仁は一足飛びに怨霊に近づき、容赦なく斬りかかる。

だが、刀は首元に刺さっただけで、その存在を斬り捨てることはできなかった。

『くっ……！』

いつもなら、この一太刀であやかしや悪霊は消えてなくなるはずだった。

勾仁の刀が止められたことに瑠璃は驚く。

(そんなに強い怨霊なの⁉)

力で押し切ろうとする勾仁と怨霊の力は拮抗《きっこう》しているように見えたが、無数の手が怨霊の体から出てきて勾仁を捕らえようとした。

「勾仁！」

しかし勾仁が避けるより早く、泉が放った青白い破魔矢が怨霊に突き刺さった。

怨霊は、獣に近い呻き声を上げその場に倒れ込む。

(すごい。先生には怨霊が視えないのに正確に貫いた……！)

気配だけで存在を察知し、空気の流れを頼りに技を繰り出す泉は、初めて見る真剣な表情で目標を見据えていた。

かなり集中しなければいけないことが見て取れる。

(どうかこれで終わって……！)

瑠璃は必死にそう願うが、傷つけられて怒りが増幅した怨霊はむくりと起き上がり、再び念仏を唱えると数多《あまた》の黒い人魂《ひとだま》が周囲に放たれた。

「先生、黒い人魂がたくさん出ました！　皆どこかへ散っていきます！」

瑠璃の言葉に、泉は警戒を強める。

霧の中で目を凝らしていると、徐々に妙な足音が聞こえ始めた。

「瑠璃さん、式神と共に逃げてください。泉禅も連れて」

「雪泰様？」

霊符を手にした雪泰は、足音の方へと向かっていく。

霧の向こうからやって来たのは、虚ろな目をした人々だった。

「まさかさっきの人魂が？」

「穢れた魂に憑依《ひょうい》されているのでしょう。だから早く逃げてください！」

次から次へと現れる操られた人たちを前に、勾仁は扇で風を起こして対抗する。泉は怨霊の本体への攻撃を続けていて、瑠璃はただ見ていることしかできない。雪泰には逃げろと言われたが、この状況から逃げ切れるとは到底思えなかった。

（一体どうすれば……）

傷ついた体を引きずって戦う雪泰が、目の前で片膝をつく。

慌てて駆けよった瑠璃にも人々が迫り、男が小さな斧《おの》を振りかぶるのが見えた。

『瑠璃！』

勾仁の声がする。風の冷たさも喧騒も何もかもが消え去り、心の中が死の恐怖だけに染まった。

（あぁ、私は死ぬんだ）

腕で顔を覆うこともできず、ただ茫然《ぼうぜん》と斧を見つめてしまう。

「式神！」

斧が瑠璃に届く直前、視界が淡緑色一色になる。泉が勾仁に呼びかけてすぐ、自分の前に飛び出したのだと気が付くまでにしばらくかかった。

「先生！」

辺りに強い風が吹き荒れ、操られた人々が容赦なく飛ばされていく。瑠璃は泉にしがみつき、どうにか耐え忍んだ。

風が完全に止むと、そこら中に吹き飛ばされた人々が倒れていて、気を失っているようだった。

雪泰もどうにか無事で、泉は恨めしそうな目で勾仁がいる辺りを睨む。

「……力を封じているからといって、全力で風を起こすな！　俺ごと瑠璃が吹き飛ぶところだったぞ!?」

『吹き飛んでいないだろうが』

「どうせ『吹き飛んでいないから平気だ』とか思ってるんだろう!? 護符がなければ背中が抉《えぐ》れているところだ!」

『文句が多い。器の小さい男だな』

いつものごとく喧嘩を始めた二人を見て、瑠璃はきょとんとしている。

(まさか、先生はご自分が私の盾になるおつもりで勾仁に呼びかけたの? 勾仁はそれがわかっていて風を?)

瑠璃がこの場にいる限り、勾仁は力を発揮できない。だが、泉が盾となり瑠璃を守れれば話は別である。

『瑠璃が無事ならそれでいい。存外、おまえは役に立つ道具だと褒めてやろう』

「何てこと言うのですか……!」

顔を引き攣らせる瑠璃だったが、もう一つ気になることがあった。

(先生はさっき「力を封じている」とおっしゃった……? それは一体?)

怨霊を刀で斬れなかったことに関係があるのか、今すぐ二人に尋ねたいところだったが、まだ危機は去っていない。

「色々聞きたいことがあるのだろうが、話は後だ。あれを片付けなければ」

泉は瑠璃を背に庇《かば》い、怨霊を退治しなくてはと言う。

「火の霊符は持っているか?」

泉が声をかけたのは、左のわき腹を手で押さえながら地面に片膝をついている雪泰だった。

「ここでは使えぬのではないか……？」

火など起こせば町人に被害が及ぶ。雪泰はそんな懸念を抱いたようだったが、懐から霊符を取り出し、泉にそれを差し出した。

「良心など邪魔になるだけだ。第一、俺は何人殺めたところで悪神に堕ちることはない。遠慮は不要だ」

「先生まで何てことを言うのですか」

「ははっ、久しぶりに見たな、火の霊符。さすが父上、考えなしに威力だけを重視した見事な霊符だ」

その言い草に、雪泰は困った様子で眉尻を下げる。

今この瞬間にも怨霊は念仏を唱え続けていて、黒い穢れの塊がその四肢に溜まっていっている。

霊符を指で挟んだ泉は、今度は勾仁に向かって呼びかけた。

「式神！　例の交換条件だ、俺の願いを叶えてくれ」

その言葉に、勾仁はぴたりと動きを止めて泉を見る。

「おまえの〝目〟を貸せ。今だけで構わん」

それはあまりに無茶な要求に思えた。

（〝目〟を貸す？　そんなこと、どうやって？）

勾仁は、瑠璃の不安をよそにあっさりと承諾した。

『承知した』

ふわりと白銀の髪が揺れ、勾仁はその姿をするすると煙に変える。目を閉じた泉の下へ舞い降りるように重なれば、すぐに消えてしまった。

「先生？　まさか勾仁が憑依を？」

体には相当な負荷がかかるに違いない。瑠璃は、こんなことをして大丈夫なのかと泉の様子を窺う。

「──あぁ、視える。怨霊が、穢れが視える」

目を開けた泉は、満足げに笑った。

今の彼には、あの不気味な僧がはっきりと視えるのだろう。

泉は火の霊符を額に近づけ、怨霊に向けて力強く言った。

「土志田泉の名において命ずる。火の神よ、五蘊清浄《ごうんしょうじょう》、不浄な魂を焼き尽くせ！」

怨霊の足元に六芒星《ろくぼうせい》の光が出現し、それに覆われた僧や穢れは瞬く間に火で焼かれ浄化されていく。轟々《ごうごう》と燃え盛る炎は、周囲を囲む青白い光の中に留まっていて、辺りに燃え広がることはない。

「……結界ですか？」

「あぁ。中で燃やせば、外に火は移らん」

怨霊は、跡形も残さず焼き尽くされた。

倒れていた人々も、かすり傷程度で無事である。

（よかった。誰も死なずに済んだ）

辺りは静寂に包まれていて、今までここで怨霊と戦っていたのが嘘のようだった。

雪泰いわく「普通の人には何が起こったのかわからない。この騒動も酔っ払いが喧嘩していた、程度に思われているのでは」ということだった。

改めて萩の屋敷に向かおうとしたとき、瑠璃は言った。

「先生、ありがとうございました」

「おまえが礼を言う必要はないだろう」

おかしな娘だ、と泉は不思議そうな顔をする。

（私を守ってくれたのは勾仁と先生なのに。ご自分がお人好しなことも、お優しいことにも気づいてないなんて）

きっと、説明したところで否定されるのだろう。瑠璃はくすりと笑い「お礼が言いたかったのです」と告げた。

極度の緊張から解放され、瑠璃は急激な疲労感と眠気に襲われる。

萩の屋敷はすぐそこで、彼を送り届けるまでもうひと踏んばりだと自分を励ました。

◆◆◆

年が明けてまもなく。

橋口から譲ってもらった赤い着物を着た瑠璃は、囲炉裏《いろり》で雑煮が煮えるのを待っていた。

『瑠璃、またこいつが来たぞ』

勾仁が乱暴に首根っこを摑んでいるのは、雪泰が寄こしたイタチである。

再び文を持ってきてくれたのだと、瑠璃は喜んでイタチを出迎えた。

「何もせずとも、いてくれるだけでよいのですよ。……この子も、勾仁も」

『こんなイタチと一緒にするな』

不満げな勾仁は、すっと消えて勾玉に戻っていく。

「困った式神ですね」

あの後、泉にすべてを聞いた。

勾仁が瑠璃のそばに長くいるために『力を抑えたい』と考えていたこと。そして、泉に『陰陽術で制御してくれ』と依頼したことを……。

(確かに、日常で人を殺めるほどの力はいらない。無駄な神力を使えば使うほど、一緒にいられる時間は減ってしまうから、なるべく温存した方がいい)

勾仁が泉を頼ったのは驚きだったが、泉によればあれは「契約」であり、泉が術で勾仁の力を抑える代わりに、何かあれば泉の願いを一つだけ聞くという交換条件が交わされていたらしい。

(結果的に、私たちを助けるために先生はそれを使ってしまったわけで……。先生の利にはならなかった)

勾仁は、今はもう術が解けて以前と同じ状態だ。泉の〝目〟となるために憑依したせいで、自然に術が解けてしまったのだ。

「末永くそばにいたいですね。皆で、泉縁堂で」

『きゅう?』

これからも、変わらぬ日々が続いていってほしい。イタチを撫でながら、瑠璃は微笑む。

そして、文を渡すため、泉のいる奥の間へと移動する。

「雪泰様はお元気かしら?」

あれ以来、一度も会わぬまま新年を迎えた。

萩を送り届けた後、雪泰は改めて泉に戻ってきてほしいと頼んだ。

『鷹宮を継いでくれないか？　泉禅が戦う姿を見て、当主にはやはり圧倒的な強さこそ必要だと思った』

自分には鷹宮を率いるだけの力がない、と雪泰は肩を落とす。

（雪泰様は、これまでずっと苦しんでおられたのね。鷹宮家のことを想うからこそ、力のある先生にすべてを託したいと……）

ただし、泉の返事はやはり今度も同じで――。

『断る』

これには、勾仁も『頑《かたく》なな男だな』と呆れていた。

けれど以前とは違い、泉は断る理由を告げた。

『俺は当主にはふさわしくない。たとえ〝目〟が視えたとしても、答えは同じだ。俺は雪泰と違い、一族のことなどどうでもいい。雪泰のようにはなれない』

瑠璃には、泉の言葉の意味がよくわかった。一族のため、泉のために当主の座を下りようとする雪泰は立派だと思ったから……。

（先生は、雪泰様の方が当主にふさわしいと本心から思っている）

だが、雪泰はそんなはずがないと否定する。

『私が弱かったから、一族に裏切り者が出てこんなことになったのだ。第一、泉禅が私のようになる必要など、どこにもない！　私は、おまえのようになれなかったのだから……！』

　顔を上げた雪泰は、いつものように穏やかで優しげな青年ではなくなっていた。嘲るように口元を歪め、頭を抱えて嘆く。

『私はずっとおまえが妬ましかった……！』

　陰陽師として特に秀でた部分もない兄と、稀代《きたい》の天才だと称えられる弟。強気で傲慢な弟を窘める風にして、笑顔の下に嫉妬心を隠してきたのだと彼は告白した。

『私がいかに浅ましい人間か、泉禅だって知っているはずです。私が……、私がおまえの〝目〟を奪ったのだから！』

　雪泰の言葉に、瑠璃は信じられない気持ちだった。

（先生の〝目〟を……？　雪泰様が？）

　泉は何も答えなかった。ただ、悲しそうな目で雪泰を見つめていた。

『いつだって泉禅と比べられ、長男のくせに跡継ぎにはふさわしくないと言われ続け、それでも嫉妬などしていないと余裕があるように振る舞って……。自分の憐れさから目を逸らしてきたのです！　でもあの日、心のうちをあやかしに話してしまったから、おまえは……』

　雪泰は苦しげで、瑠璃はその様子を見ていると涙が溢れた。

『何もかも私のせいです。泉禅が困ればいいと、人より劣る気持ちを味わえば反省するだろうと……。だから、あのあやかしに……』

兄弟と親しかったあやかしは、雪泰の願いを聞き届けた。

――泉禅を困らせたいって雪泰に頼まれた。友だちだから、お願いを聞いてあげる。

突然、あやかしの姿が視えなくなり、混乱と絶望で蹲る泉。雪泰は激しく動揺し、今すぐ元に戻してくれと頼んだ。ところが、その剣幕にあやかしは叱られたと勘違いし、姿を消してしまったという。

(先生は、雪泰様のせいだなんて一言もおっしゃらなかった)

ただ黙って話を聞いている泉の様子を見れば、何もかも知っていたのだとわかる。

『雪泰は悪くない。俺が傲慢だったせいだ』

ここで泉は初めて思いを口にした。

『優しい兄に甘え、能力を鼻にかけ言いたい放題やりたい放題で……。いつも周囲との不和を収めてくれるのは、雪泰だった。ひな子にも「雪泰に迷惑をかけるな」と言われていたのに、自分の愚かさに気づけなかった。俺が、雪泰を追い詰めた』

静かにそう語る口調からは、泉が雪泰を恨んでいないのだと伝わってくる。

『バカな弟で苦労をかけた。申し訳なかったと詫びたいくらいだ』

『泉禅……』

真実を打ち明ければ、泉に軽蔑されると思っていたのだろう。雪泰は、予想外の言葉に呆然《ぼうぜん》としていた。

『視えなくなった直後は自棄《やけ》になりもしたが、雪泰のせいだと思ったことは一度もない。伯父との暮らしは、貧乏で食う物も粗末だったが、不思議と鷹宮に帰りたいと思わなかったし……。俺は追放された身だが、同時に解放されたとも思ったんだ』

力こそすべてという家で、苦しい思いをしていたのは泉も雪泰と同じだった。

余りある才能を持っていても、幼い子どもにはつらい世界だったのだろう……と瑠璃は思った。

『これでよかったんだ。俺は満足している』

それは雪泰を気遣った嘘ではなく、泉の本音のように感じられた。

『でも、私はやはり許されないことをしました。泉禅からすべてを奪って……。ひな子だって、本当なら泉禅と夫婦になるはずだったのに』

その言葉に、瑠璃は一瞬どきりとする。

(先生とひな子様が？)

ひな子は当主の妻となるべく育てられた娘で、五年前に雪泰の妻となったと言う。

自分が何もかもを奪ったのだと後悔に苛《さいな》まれる雪泰だったが、泉はそれこそ「違う」と強く否定する。

『俺とあれでは気が合わないし、そもそもひな子は雪泰のことが……』

話が逸れたことに気づいた泉は、そこで言うのをやめる。

その口ぶりから、泉とひな子の間に特別な何かがあったわけではないとわかり、瑠璃は内心ほっとした。

(ひな子様は、雪泰様がお好きだったんだ……)

雪泰は気づいていない様子で、途中で話をやめた泉を不思議そうに見ていた。

泉は話題を鷹宮家のことに戻し、改めて言った。

『これからの世は、さらに変わっていく。戦いに秀でた男より、人を思いやれる男が家を率いる方がいいだろう』

『………』

『雪泰が当主の座を譲りたいと言うのなら止めはしないが、次の当主は俺じゃない。俺は鷹宮に戻りたくなんてないんだ』

『本当にいいのですか？』

雪泰の問いかけに対し、泉はきっぱりと宣言する。

『あぁ。俺は一族を守るよりも、己の技を磨きたい。鷹宮など面倒な家に縛り付けられたくない』

面倒な家という部分に、雪泰も思い当たる節はあったのだろう。泉の決意の固さも知り、さすがにこれ以上説得のしようがないという風に、黙って目を閉じた。

最後に、泉は瑠璃を見てこうも言った。

『うちには面倒な使用人もいる。帝都一の呪術医でも、手一杯なほどに世話が焼ける』

からかうような口調だったが、瑠璃は『すみません……』と小さくなる。それを見た雪泰は、また兄の顔で軽く頭を下げた
『泉禅をどうかよろしくお願いいたします。面倒な一面もありますが、とても優しい子ですから』

『は、はい。お任せください……！　先生の優しさは帝都一です』

慌てて深くおじぎをする瑠璃。

泉は『そんなわけあるか』と否定するも、雪泰は二人のことを微笑ましく見守っていた。

それからまもなく、雪泰は迎えにきた鷹宮の護衛と共に戻っていった。

もう泉の様子を窺いに来る理由もないと、今生の別れのような顔をした雪泰に対し、泉は目を逸らしつつ『今度来るときは面倒事を持ってくるなよ』と言った。

あの様子を思い出すと、つい笑ってしまう。

「ふふっ、また菓子を用意しておかなくては」

待っていると、また来てくれと、素直に言えないところが泉らしいと思った。

瑠璃はイタチを抱き、届いた文を手に泉の部屋の前にやってきた。

「先生、文が届きました」

一声かけてから中へ入ると、泉はさきほど起きて着替えたばかりだったようで、まだ眠そうな顔をしていた。

文を手渡すと、面倒くさそうなそぶりは見せるが、今度はすぐに目を通す。

その様子を見た瑠璃は、そう間を置かず返事を書いてくれるような気がした。

「雪泰様のお怪我の具合はいかがでしょう？」

「しばらく療養するらしい。まったく、当主が怪我を負うなど一大事だ」

呆れた口調ではあるが、泉の声音からは兄を心配する気持ちが伝わってくる。

「桜の季節には、またお会いできるでしょうか？」

「……だとよいな」

今は年が明けたばかりで、春はもう少し先になる。当たり前のように、先のことを口にできるのがうれしかった。

少し前なら、こんなに和やかな気持ちで過ごせるなんて想像もできなかった。

(勾仁のことも、何か方法はあるかもしれない)

瑠璃は、文を読み終わった泉をまっすぐに見つめて言った。

「先生」

「ん？」

「どうか、どうか末永くよろしくお願いいたします」

「は？　それは……」

まるで嫁に来たようにかしこまった様子の瑠璃を見て、泉は驚いて息を呑む。

「勾仁のことにございます」

「断る！」

勢いでぐしゃりと文を握りつぶした泉は、乱暴に文箱にそれを押し込んだ後「そっちか……！」と呟いた。

そこへ、再び勾仁が現れる。

『瑠璃はやらんぞ。どうしてもと言うならば天下を取れ』

「いつの世だ、いつの！」

「二人とも喧嘩はやめてください」

睨み合う二人は、相変わらずだった。しかし瑠璃は、それを見てはたと気づく。

（先生は勾仁が視えておられる？　どこにも触れていないのに）

いつもなら、勾仁が扇を突き付けているかどこかしらに触れているのに、今はどう見ても離れている。

（どうして……？　まさか、あのとき勾仁が先生に憑依したから？）

泉はわかっているのかいないのか、勾仁との口喧嘩を続けていた。

「先生、あの……！」

勾仁が視えているのかと聞きかけて、瑠璃は途中で言葉を詰まらせる。

（視えるようになったと鷹宮家に知れたら、呼び戻されるのでは）

泉が〝目〟を取り戻せば、力こそすべてというあの家が放っておくとは思えない。

そうなれば、今のように泉縁堂で呪術医を続けるのは難しくなるはずだ。

（大変……！　先生の秘密を守り通さなければ……！）

瑠璃は胸の前でぎゅっと拳を握り締め、決意の表情で宣言する。

「先生の〝目〟は視えません！」

「いきなり何だ!?」

驚いた泉は、ぎょっと目を見開き振り返る。

「私、誰にも言いませんから……！　先生は視えません！」

「言わぬと言ったそばから、大きな声で宣言するな！」

突然の誓いに、泉は訳が分からぬと首を傾げる。

瑠璃は一人頷き、秘密を守ってみせると意気込んだ。

――本書のプロフィール――

本書は書き下ろしです。

小学館文庫

帝都《ていと》の隠《かく》し巫女《みこ》

著者 柊《ひいらぎ》 一葉《いちは》

二〇二三年五月七日 初版第一刷発行

発行人 石川和男
発行所 株式会社 小学館
〒一〇一-八〇〇一
東京都千代田区一ツ橋二-三-一
電話 編集〇三-三二三〇-五六一六
販売〇三-五二八一-三五五五
印刷所 ―――― 凸版印刷株式会社

ISBN978-4-09-407257-0